永遠的少年

《海邊的卡夫卡》的小說概念，
建立在葉慈（W. B. Yeats）一句詩上：「責任始自夢想。」

你做什麼樣的夢，你懷抱什麼樣的夢想，
比其他一切更真實地決定了你是一個什麼樣的人，
因而，你就不能只是為自己的所作所為負責，必須推前為自己所夢想的負責。

而且唯有願意為自己的夢想負責，
人才能勇敢地、強悍地決定自己是誰，是個什麼樣的人。

楊照作品集・ReRead重讀經典系列・總序

重讀，是閱讀經典的唯一捷徑

許多讀者必定都有這樣的經驗，當我們重新看一部曾經看過的電影時，可能會注意到一些在第一次看這部電影時，不會留意的細節，可能是主角的某一句話，抑或是某個角色不經意的小動作。而這句話或是小動作很可能就是解讀整部片子的重要線索，或是引發後續情節的關鍵伏筆，於是我們會有恍然大悟、豁然開朗的感嘆：「原來是這麼回事啊！」這就是「重讀」的樂趣，也正是經典電影值得一看再看的理由。

這樣的樂趣，楊照在〈重新活過的時光〉[1]這篇文章就已提過。他指出，在「『初讀』的經驗中，作者占有極大的權力。讀者一般只能順應著作者的安排，做單向的閱讀。」這樣強悍、霸道的閱讀方向，必須到了「重讀」才能被打破。楊照說，「『重讀』開始時，我們已經走到過終點了。那個起點不再是原來的起點……那個邏輯的關聯架構，隨著時間前後並置而被打破了。這正是『重讀』最重要的理由，也正是『重讀』最大樂趣所在。」

「重讀」正是面對經典必須有的態度，卡爾維諾在《為什麼讀經典》一書中提到經典的定義：「經典就是你經常聽到人家說：『我正在重讀……』，而從不是『我正在讀……』的作品」，「經典是每一次重讀都像首次閱讀時那樣，讓人有初識感覺之作品」，「經典是從未對讀者窮盡其義的作品」。經典必定是有高度知識含量的作品，裡面有太多線索和伏筆，需要不斷地反覆閱讀和推敲，有更多的準備和資源，才能挖掘出藏在經典中的祕密。

經典是如此之「重」，唯有透過「重讀」，我們才能舉重若「輕」，取得掌握作品的機會。因此本事文化規劃了【楊照作品集・ReRead重讀經典系列】，出版廣受學員好評的「誠品講堂・現代經典細讀」授課內容，希望以此開啟航向經典的旅程。楊照是國內少數有能力全方位解讀經典的讀書名家，他將帶領讀者深入文本的細節條理，鳥瞰作品的整體面貌，為經典在歷史長河中找到定位，並理解經典在現代社會的意義。

此一書系主題包括人文思想的叔本華、馬克思、尼采與傅柯，以及世界文學的托爾斯泰、杜斯妥也夫斯基、納博可夫、三島由紀夫、村上春樹、赫塞、卡夫卡與馬奎斯。我們期待以「重讀」的概念，作為進入經典的捷徑，願與讀者共享閱讀之樂。

1 此篇文章發表於政治大學台灣文學研究所在二〇一〇年九月二十五、二十六日舉辦的「楊牧國際學術研討會」。

作者序

拒絕進入成人領域的「永遠的少年」

——村上春樹創造的奇觀

一、

二十年來，我持續閱讀村上春樹，大概他在台灣出版的中譯本都看了，還有一些原本以為台灣不太可能會有譯本，也就多花一點時間直接讀了日文版。例如他寫音樂的文章，關於爵士樂和古典音樂。

讀村上春樹最大的樂趣，在於書中藏著的各種「下一步做什麼」的暗示、甚至指令。這裡出現一段音樂、那裡出現一本書，於是一邊讀著一邊就想：「嗯，那就去把舒伯特找出來聽聽吧！」或「等我讀完這段就來讀讀《魔山》吧！」

那是一種奇特的閱讀經驗，和平常讀書，專心從第一行讀到最後一行的經驗不太一樣，毋寧比較像是在書中遊逛，逛到這裡會分心想去做點別的事，一面一面的大櫥窗展示著不同的物件，讓你猶豫思考，是要繼續走下去，還是停下來走進這個店家？

而且我清楚知道這種分心，是村上春樹書中本來就內建的邏輯，不是因為我這個讀者特別不認真，也不是因為他這位作者缺乏能力寫出讓人認真讀下去的文字。他的小說，站在這樣的遊逛的基礎上，因而很不一樣。

二、

不過讀村上春樹的小說，也會有特別的困擾。

其中一項困擾，是他的小說在台灣有過那麼多模仿者。尤其是一九九〇年代初期，突然冒出來一大堆當時被稱為「新人類小說」的作品，裡面充斥了「贗品村上」。很明顯地，這些作者都讀村上春樹，被他小說中的氣氛、腔調吸引了，所以下筆一寫就寫出這樣的東西。

可是他們的「贗品村上」，也就很容易讓人看破手腳，馬上明白了他們是怎麼讀村上春樹小說的。他們似乎都可以不去注意到村上小說裡藏著的各種暗號、暗示，從來不走進村上小說大街上開設的種種商店，去看看裡面究竟真的擺放了些什麼；他們輕易就被那大街上一種燈光氣氛眩惑了，將櫥窗裡展示的，不管是舒伯特、戴維斯、錢德勒或湯瑪斯曼，都當作只是這氣氛的道具，就這樣走過大街，然後回家在自己的書桌上幻想複製一條那樣的大街。

他們是村上春樹太認真又太草率的讀者。太認真，因為他們很用力地閱讀村上寫出來的文字；太草率，因為他們沒有興趣追究村上鋪陳的各種符號的確切內容。因而他們自己搭蓋出來的大街，如此扁平，像是電視劇裡的拙劣道具布景，街道兩邊的櫥窗都是假的，隨便貼幾張照片，連櫥窗中的物品都不堪細看，當然就更沒有可以供人進入遊逛的店家了。

我極度厭惡這樣沒有景深的小說作品，早在一九九一年，就寫了文章[1]批判這種現象，於是很長一段時間，很多人的印象裡，總以為我是討厭村上春樹的。

三、

不，我沒有討厭村上春樹。比較接近事實的是，村上春樹對我，一直是困惑的謎題。二十年來，吸引著我不斷思考、不斷試圖解題。

《挪威的森林》會是村上春樹最暢銷的小說，一點也不令人意外。但是《挪威的森林》在日本一上市大賣幾百萬冊，累積至今超過了一千萬冊，卻無可避免在我心中引發了的問題：「為什麼一本如此哀傷的小說，可以在一個逃避哀傷的時代裡，變得如此熱門？」

《挪威的森林》小說一開頭，鋪陳完了飛機上的回憶情景後，立即出現的，是一口井。「井在草原盡頭開始要進入雜木林的分界線上。大地忽然打開直徑一公尺左右的黑暗洞穴，被草巧妙地覆蓋隱藏著。周圍既沒有木柵，也沒有稍微高起的井邊砌石。只有那張開的洞口而已。」

這是真正的開端，也是整部小說的核心隱喻。我們的人生，至少是小說主角們的人生，就是一段走在有著一口隱藏的井的草原上的旅程。他們之所以成為小說的主角，之所以在一起發展他們的愛情故事，因為他們都在無從防備的情況下，掉入了那可怕的井中。

直子形容了掉入井中的可怕：「如果脖子就那樣骨折，很乾脆地死掉到還好，萬一只是扭傷腳就一點辦法都沒有了。就算在怎麼大聲喊叫也不會有人聽見，也不可能會被別人發現，四下只有蜈蚣或蜘蛛在亂爬，周圍散落著一大堆死在那裡的人的白骨，陰暗而潮濕。而上方光線形成的圓圈簡直像冬天的月亮一樣小小地浮在上面。在那樣的地方孤伶伶地慢慢死去。」

這其實也就是直子自己生命的描述。在她無從防備的情況下，青梅竹馬的情人Kizuki突然自殺了。沒有遺書、沒有解釋，就這樣死了。直子被拋入那大聲喊叫也不會有人聽見的井裡。她僅有能夠得到的一點安慰，是同樣因為Kizuki之死，大受打擊的渡邊君。他們兩個人的愛情，是困守在井底的愛情，從一開始就充滿了絕望的哀傷。

玲子姊是另一個掉入井裡的人。她比直子幸運又比直子不幸。幸運的是她曾經從井裡被救上去過。她遇到一個單純的人，單純到想和她「共同擁有心中一切」的男人，讓她能夠重新過正常的生活。不幸的是，一次被救上來，無法保證不會第二次再掉下去，又是在無從防備的情況下，玲子栽在一個邪惡的小女孩手中，又掉入那可怕的井裡。

四、

在這樣的核心角色之外，村上春樹又加上了一個冷酷、現實、算計，根本無法或不願體會人間愛情的永澤，和永澤身邊偏偏沒有辦法算計、沒有辦法背叛自己愛情感受的初美姊，兩個人之間無望的糾結。

這些人物構成的關係，為什麼能吸引那麼多人來讀，為什麼他們不會在閱讀過程中，被那深深的哀傷凍傷，至少沒有被逼退繼續閱讀下去的慾望？顯然很多人讀下去，而且還願意口耳相傳鼓吹別人也來讀，這本書才成為一個社會現象，乃至於社會事件。

難道是因為小說中另外一個角色，那個常常瘋瘋癲癲做著大膽行為，講著別人不一定能理解的話的小林綠？只有她，身上沒有沾染那份莫名其妙掉入井中的慌亂、失序與哀涼。

然則，在這樣一群陷入井中掙扎著的人之間，小林綠是什麼？或說，她有什麼力量，不止介入他們的世界，進而改變了這個世界原本的架構呢？

我相信書中有一段話，藏著重要的答案，那是收到玲子姊告知直子狀況惡化的信之後，渡邊在心中對著死去的朋友說的：

「喂！Kizuki，我想。我跟你不一樣，我是決定活下去的，而且決定盡我的能力好好活下去。……為什麼呢？因為我喜歡她（直子），我比她堅強。而且我以後還要更堅強，而且更成熟。要長大成人。因為不能不這樣。我過去曾經想過但願永遠留在十七或十八歲。但現在不這麼想了。我已經不是十幾歲的少年了。我可以感覺到所謂責任這東西。Kizuki你聽好噢，我已經不再是跟你在一起那時候的我了。我已經二十歲了。而且我不得不為了繼續活下去而付出代價。」

「我可以感覺到所謂責任這東西。」這正是看來瘋瘋癲癲的小林綠身上最珍貴的東西。她從來沒有逃避過活著應該要承擔的責任，不管這責任看來多麼不吸引人。她和姊姊兩個人輪流看店、照顧病中的父親。她很累、也很寂寞，會對渡邊說：「我，現在真的累得要命，希望有人在旁邊一面說我可愛或漂亮，一面哄我睡覺。只是這樣而已。」但她沒有逃避，也不是要逃避，「等我醒過來時，就會恢復得精神飽滿，再也不會任性地要求你做這種無理的事了。」

相較於小林綠，小說中的其他角色，都缺乏這份活力、這份勇氣，這份認定並選擇堅強活下去，願意為了活下去而付出代價的精神。這份精神感染了渡邊，應該也就是這份精神撐住了這部哀傷的小說，讓讀者能不絕望地，保持興味地一直閱讀下去吧。

《挪威的森林》結束在這樣一句話上：「我正從不能確定是什麼地方的某個

場所正中央繼續呼喚著綠。」

我們誰都不能確定生命走到這一步，究竟是哪裡，沒有把握下一步會不會就掉進那個草原的井裡。我們需要勇氣，我們也就自然地羨幕像小林綠這樣理直氣壯堅決活下去的人。《挪威的森林》寫出了我們的懦弱，以及我們想要呼喚的勇氣對象。

五、

並不是一開始，我就能夠在《挪威的森林》裡清楚讀出這樣的訊息。而是穿越二十年的時間，穿越許多村上春樹的作品，讓我對於小說中的關鍵字愈來愈敏感，也愈來愈有把握。

「我可以感覺到所謂責任這東西。」尤其是活下去的責任，以及對抗命運條件的責任，這是三十年來沒有從村上春樹的小說追求中須臾離開的主題。他在不同的小說中，用不同手法，探索這個主題的不同面向。我們對於自我行為的責任、對於過往記憶的責任、對於依照命令從事的責任、對於幻想、夢想的責任，乃至於對於命運與宿命態度的責任。

最直接、明確展開這項責任主題的小說，是《海邊的卡夫卡》。《海邊的卡夫卡》的小說概念，建立在葉慈（W. B. Yeats）一句詩上：「責任始自夢想。」對村上春樹而言，不是you are what you eat，不是you are what you did，重要的是you are what you think of，甚至是you are what you dream of。你做什麼樣的夢，你懷抱什麼樣的夢想，比其他一切更真實地決定了你是一個什麼樣的人，因而，你就不能只是為自己的所作所為負責，必須推前為自己所夢想的負責。

而且唯有願意為自己的夢想負責，人才能勇敢地、強悍地決定自己是誰，是個什麼樣的人。沒有任何一部村上春樹的小說，比《海邊的卡夫卡》更明白、大膽地探索責任這個主題，也沒有任何一部村上春樹的小說，在知識含量上超過《海邊的卡夫卡》。因而在我的私心偏見裡，《海邊的卡夫卡》是村上春樹最好、也最值得耐心遊逛的作品。

二〇〇八年，我就在「誠品講堂」試著帶領一群學員朋友們，花了五個星期遊逛《海邊的卡夫卡》。除了大家原本輕易可以看到的那條幻化光彩的大街之外，我們繞進一家擺滿希臘神話與悲劇的店舖，一家卡夫卡作品專門店，一家由大江健三郎的文學心靈組構起來，似夢似真的幽微四國森林，以及一家以村上過去小說作品打造的紀念品舖，看看這樣的遊逛能產生什麼樣對於《海邊的卡夫卡》不同的閱讀經驗。

而這本小書，就是以那次五週的課程為基礎，整理增補而成的，後面附加了過去我針對村上其他作品的零星文章。

六、

二十年讀下來，我很確定：村上春樹是個死心眼的小說家。不管他寫什麼樣的小說題材，一旦被他寫了，那小說就帶有濃厚的「成長小說」性質。不過，他寫的，不是少年如何在社會中成長，懂得如何活在社會裡；毋寧是少年如何對抗社會而成長，認知自己的夢想，以及願意為這夢想承擔責任、付出代價。

所以他的小說裡，會一直出現「勇氣」、「強悍」這樣的字眼。在《海邊的卡夫卡》裡，烏鴉如此不容商量地告訴田村卡夫卡：「要做全世界最強悍的十五歲少年。」

這種勇氣、強悍的追求，是成長的關鍵，村上春樹如是堅持，而且堅持：這種勇氣、強悍的追求，是人生唯一最重要的事，至少是小說碰觸人生唯一最重要的主題。

寫了三十年的小說，也就重複寫了三十年少年成長的考驗。即便在最新的大長篇《1Q84》裡，村上春樹寫的，畢竟還是青豆和天吾這兩個人的成長，如何找到足夠的彼此信念，勇敢、強悍地將自己從惡夢中解救出來。那個青豆，當她放棄自殺，決心一定要帶著天吾離開那個惡夢世界時，她身上留著的，也就是和小林綠一樣的血液，就算注定要掉進井裡，都不會輕易解開自己活著的責任。

村上春樹真正創造的奇觀，不是那些幾百萬幾千萬的銷售數字，而是不懈、不停地書寫了三十年成長奮鬥經驗，始終在少年與成人的邊境上徘徊，拒絕正式進入成人的領域，一個執迷於要勇敢、強悍活著的永遠的少年。

1 即本書收入的〈記號的反叛——台灣的村上春樹現象〉一文。

目次

第一章
村上春樹與六〇年代的騷動

村上春樹的作品傳遞出來一種很特殊的永恆，
沒有年紀，也沒有時代，在他的作品裡沒有時間的流逝，
也沒有時間流逝所產生的深刻哀傷、痛苦、掙扎。
他將發生在不同時代的事情，放入多重交錯、並置拼貼的架構裡，
讓從前、現在、甚至未來的事情發生在同一個時間平面上，
取消了原本強大、強悍的時間感，取消了原本時間的線性排列。

永遠年輕的村上春樹

村上春樹已經超過六十歲了，對我來說，這真是件難以接受的事實。在我的印象中，村上春樹一直都很年輕。

他出生於一九四九年，一九六八年進大學，當時他十九歲，比正常的情況晚了一年進大學，進入「早稻田」大學唸書。「早稻田」在日本是除了「慶應」以外，另一所重要的私立大學。

日本的帝國大學[1]系統是公立的菁英學校，例如最有名的「赤門」東京大學，主要目標在於培養政府官僚人才。從「赤門」畢業的學生，最優秀者通常選擇進入外務省或通產省，類似台灣的外交部、經濟部，那是東大畢業生的正常出路。私立大學和公立大學培養的人才走向很不一樣，慶應大學是培養企業界人才的重鎮；而早稻田大學則歷來是文藝氣息最濃的一所學校。

村上春樹本來想唸法律，想要考東大法律系，但是考壞了沒考上，一年之後他改變主意，進了早稻田唸戲劇系。他進早稻田的那年，是日本戰後發展的關鍵時刻，他入學沒多久，就遇上日本戰後最激烈的學生運動事件——一九六九年的「安保鬥爭」。

一九五五年，美國結束了自一九四五年戰爭結束後延續長達十年對日本的占領，美軍總部退出日本。一方面，制定了「五五年體制」[2]，開始了日本自由民主黨維持數十年的一黨執政，另一方面，美國和日本簽定了「安保條約」。「安保條約」主要的內容，是由美國負責保護日本的安全，因為第二次世界大戰日本投降時，已經同意「永久解除武裝」。一直到今天，日本名義上沒有軍隊，不可以建立軍事化軍隊，只能設立「自衛隊」。

日本曾經為了要不要參加聯合國「維和部隊」，國內吵成一團，根本原因也就在憲法上規定的「永久解除武裝」與「自衛隊」的定義。一部分的人主張：「自衛隊」只能用於自我保衛，絕對不能有別的其他用途，更是絕對不能離開日本國土，派遣「自衛隊」去別人的領土上「維持和平」，當然是違憲的。可是也有另一部分人主張：憲法的精神是阻止日本將武力用於攻擊，但日本還是有「自衛隊」，表示武力用於維護和平是憲法所允許的，參加「維和部隊」並不違憲。

就是在日本不得武裝的背景下，產生了兩次「安保鬥爭」。第一次「安保鬥爭」，發生在「安保條約」簽定時；第二次，則發生在條約到期，要換約續約時。這兩個時刻在日本社會都掀起了強烈的抗議活動。抗議的對象，是美國；抗議的立場，是「安保條約」讓美國得以在日本駐軍，破壞了日本的和平中立角色，日本變成了美國和蘇聯冷戰對抗的棋子，明顯違背了戰後日本要徹底「非軍事化」的承諾。

這個立場後面有更複雜的情緒。「安保條約」使得日本繼續維持作為美國從屬國的位置，到了第二次「安保鬥爭」，戰爭已結束超過二十年了，日本卻還無法擺脫美國控制、取得獨立國家地位，這當然是一件令日本人——尤其是戰後才成長的日本年輕人——覺得愈來愈難接受的事。

第二次「安保鬥爭」會鬧得比第一次兇，正就因為抗爭的主體，是這批年輕的大學生。還有一個重要原因：日本經濟已經復甦重建了，也就取得了比以前更高的自信，對於國家獨立地位的要求聲浪，隨而升高。

對美國的矛盾情結

我們也不能忽略，日本的學生運動和六〇年代歐美學生運動的連動關係。在美國，五〇年代富裕環境中長大的一代，對年長一輩的保守、封閉展開了強烈的批判、反抗，從〈修倫港宣言〉（The Port Huron Statement）[3]開始，大學校園就成了青年憤怒革命運動的中心。在歐洲，學生運動則是延續了對於社會公平議題的關懷，和工人組織、和社會黨、共產黨保持密切互動。

在歐美社會，都是二十歲上下的年輕人，站在最前端，發出最激烈的聲音，將整個社會搞得天翻地覆。這樣的外在環境大大刺激了日本青年。不過日本青年的抗爭，比美國、歐洲要複雜、曖昧一些。他們不只要反抗掌握權力的上一代，還要連帶反抗在自民黨背後，掌握更大權力、真實權力的美國。極度矛盾與弔詭的是，美國既是他們要抗爭打倒的對象，卻同時也是他們汲取反抗精神資源最重要，甚至唯一的來源。

日本經歷了幾十年的軍國主義統治，哪有什麼反抗傳統？再往前一點，雖然有明治維新的年輕志士們為了「王政復古」而拋頭顱灑熱血，然而「安保鬥爭」那一代的大學生，對維新歷史根本沒有什麼認識。美軍占領期間，將「武士道」視為是軍國主義的根源，小心翼翼將所有和「武士」有關的內容排除在教育與媒體之外，甚至連武士道的精神象徵——富士山——都絕對不能夠在電影裡出現。今日我們熟知的武士小說、維新小說，都是美國人離開後才陸續寫作、流行的。

那一代的日本青年，身上帶著嚴重的精神分裂，一方面熱切地擁抱美國、學習美國，一方面將從美國那裡學來的反抗精神，用來反抗美國。這樣的抗爭，因而不會是單純向外發洩的一種抗爭，必然帶有反省內在，自我矛盾，乃至自我抗爭的部分。

後面我們會講到大江健三郎。大江健三郎的年紀比村上春樹大一些，不過他同樣是這種矛盾精神的產物。大江健三郎所寫的日文，一般日本平民百姓是讀不懂的，讀來像是某種外文勉強、拙劣的翻譯。大江的法文非常好，此外他還能讀英文、德文、甚至俄文，從這方面看，他是一個在思想上高度西化的人。可是這樣西化的人，卻又要參與反對西化力量最主要的來源——美國，這是他們生命中最根本的困惑與困擾。

在這樣西化力量矛盾糾纏的「安保鬥爭」中，村上春樹又有他自己曖昧的特殊情結。村上春樹進大學沒多久，「安保鬥爭」爆發，在校園堂皇登場。他是校園裡的新鮮人、菜鳥，加上帶著慵懶、被動的個性，他並沒有真正參與革命鬥爭。「安保鬥爭」是村上春樹那個世代日本人，一生所遭遇最狂熱的一場集體盛會。他就在現場，卻又沒有真正參與。他的情況有點像年紀比我小七、八歲的一群台灣青年，他們進大學的時候，碰到了「九〇學運」[4]或是「九〇學運」剛剛結束。他們在運動中，卻又錯過了運動，甚至因為在場，而更感覺到自己錯過了。

在革命現場的局外人

這種人有幾項特色：第一，他見過大場面，對於革命熱情爆發的狀況，留下了深刻印象。「安保鬥爭」比台灣的「九〇學運」更激烈，持續時間更長，影響力更大。他們的運動包括了學習、模仿西方所傳入的鬥爭策略，包括封鎖教室、強迫罷課、乃至於攻占行政中心，和鎮暴警察對峙等等校內衝突，也包括上街頭透過多重動員，形成足可以包圍首相府的行動。這些，村上春樹都親身看過、經歷過。然而，第二，在眼前轟動展開的革命激情和他沒有直接關係，他從來沒有作為局內人參與其中，他都是局外人，在場的局外人，這場運動在他心中刺激出了一份渴望，或許也有一份羨慕。

不過作為局外人，等到革命快速退燒時，因為他身上沒有染上革命的英雄風華，沒有參與在革命中留下最激情、最了不起、最浪漫的記憶，所以他可以很快地看出、承認革命的徒勞無功。活在革命風華記憶中的當事人，很難承認革命只是一時的，革命就這麼消散了。

作為革命的邊緣旁觀者，村上春樹懷抱著特殊的感慨。他是一個湊巧在場的局外人，如果時間早一點或遠一點，例如大江健三郎已經脫離了學生身分，就算在革命當下很投入地支持這些學生，都沒有辦法取得那種臨場感，也不會有革命結束時的無奈感慨。

儘管年紀比較小，村上春樹卻比大江健三郎早十年、早二十年就看出革命的徒勞。他就在那裡，感受了所有的理想與熱情，而且直接看到、甚至承受了革命的後果。作為一個在場的局外人，如此貼近革命的旁觀者，最沒有自欺、否認的空間。你確切看到所有那些參與革命的學長、朋友們在革命中去了哪裡，做了什麼。革命時他們在你身旁，革命後他們也還在，你近距離地看著他們、感受他們，當然不可能再將他們當作英雄，也就不可能再將他們所做的事情當作英雄事蹟來理解、來記憶。

因為他和這一場革命的關係，村上春樹內在對於日本、對於那個時代，抱持著強烈的疏離感。我希望大家每一次讀村上春樹，不管讀的是他的哪一部作品，都能記得這個背景。村上春樹從一九七九年的《聽風的歌》開始，一路走來三十年多年，這個背景從來沒有離開過，在這個背景之上，他建立了貫穿他的小說的幾個主題。

---

1 帝國大學　指日本在二次大戰戰前於日本本土與台灣、韓國成立的九所國立大學。包括：東京帝國大學、京都帝國大學、東北帝國大學、九洲帝國大學、北海道帝國大學、大阪帝國大學、名古屋帝國大學、京城帝國大學（今日的首爾國立大學）、台北帝國大學（今日的國立台灣大學），在二次戰後皆已廢止改制。

2 五五年體制　自一九五五年起，日本自由民主黨在國會取得過半數席次，形成自民黨長期執政與在野的日本社會黨長達三十八年的兩黨政治局面，此一政治體制直至一九九三年自民黨在選舉中落敗而告終。

3 修倫港宣言　學運組織「民主社會學生聯盟」（Students for Democratic Society，簡稱SDS）創始人、美國六〇年代學生運動最重要的領袖湯姆・海頓（Tom Hayden）於一九六二年在修倫港所起草的宣言。這篇宣言的第一句話是：「我們是屬於這個世代的年輕人，我們在舒適中成長，但是我們卻不安地凝視著這個環繞我們的世界。」宣言中提出了參與式民主的理論雛型，以及新左派的政治行動綱領，是世界學生運動史上的重要文件。

4 九〇學運　一九九〇年三月在台北市中正紀念堂前發起的學生運動，其訴求為「解散國民大會」、「廢除臨時條款」、「召開國是會議」與「政經改革時間表」，此次運動也稱為「三月學運」、「野百合學運」。在這次運動的不少參與者後來成為政治領域與社會各界的菁英，被稱為「學運世代」，可參考：何榮幸，《學運世代：眾聲喧嘩的十年》（時報）。

第二章
三十年來固執不變的主題

在村上春樹三十多年的寫作生涯中，他創作的小說不外乎有以下三個核心元素：第一，人與自由的關係；第二、人與人之間的疏離；第三、並置、拼貼雙重、乃至多重的世界，並且用這種手法來彰顯我們所存在的具體世界。
圍繞這些元素，村上春樹建立起了他的小說系統，
讀者可以依照這三項元素去分類村上的小說。
從這三個核心元素來看，可以發現村上春樹的小說和日本的文學作品相較，確實有很大的差距。

一、我們那個時代的愛情

在這三十多年來村上春樹的創作歷程中，他的所有小說中具有三個共同的、重要的核心元素。我在這裡先提出來，在後面會接著繼續說明。

這三項核心元素是：

第一、人與自由的關係。取得自由之後要如何運用自由，這不是件簡單的事，很多時候甚至是件恐怖的事。

第二、人與人之間的疏離。人活在一個我們無法追究，永遠莫名其妙的世界裡，這個世界逼迫我們採取一種疏離的、慵懶的生存態度或生存策略。

第三、雙重、乃至多重世界的並置、拼貼，而且用這種手法來彰顯我們所存在的具體世界。

三十年來，這些主題維持著驚人的連續性。為了證明村上春樹小說的主題一直都在那裡，沒什麼改變，我從書架上找出了一本我自己印象最薄弱的，而且應該也是很少人讀過的，很少人有印象的村上春樹作品。這本書的日文版是在一九九〇年出版，算是村上中期作品的一個短篇小說集，書名叫做*TV People*，早先皇冠版中文版譯為《電視國民》，時報出版取得版權後，重新出版改名為《電視人》。

關於這本《電視人》，讓我簡單地談一下最前面的三篇短篇小說。從第三篇講起，這篇有一個很奇怪、很不像小說標題的標題——〈我們那個時代的民間傳說〉而且還有副標——〈高度資本主義前史〉。小說一開頭就先提示：「這是真實的故事同時也是寓言，同時也是我們生存的一九六〇年代的民間傳說。」接下來故事、寓言、傳說開講的第一句話：「我生於一九四九年，一九六一年進中學，一九六七年上大學，然後在那個混亂的環境中迎接二十歲的來臨。」這樣的年代、經歷和村上春樹自己幾乎完全符合，引起我們的好奇，這是不是一個自傳性的回憶呢？

不過在繼續描述情節之前，小說作者或敘述者發了一大段議論，談論什麼叫做「在我們那個時代」。「我們那個時代」是六〇年代的末期。那個時代有「像把望遠鏡倒過來所看到的宿命式的焦慮」，有「英雄與無賴、陶醉與幻滅、殉道與得道、結論與個論、沉默與雄辯、以及無聊的等待」等等……。

這些東西，只有六〇年代有嗎？不是，但是，所有的這些東西，在「我們那個年代」，一個一個地以伸手即可取得的形式清清楚楚存在著，一個一個都好好的放在架子上。

他說：六〇年代不像一九八八、一九八九年。那個時候，什麼東西，「英雄與無賴、陶醉與幻滅、殉道與得道……」都清清楚楚，不會附隨著誇大虛偽的廣告，不會奉送有用的相關資訊或是折扣優待券。到了一九八八、一九八九年，他寫這篇文章時，世界變得複雜了，會有一大堆複雜的事物一個接一個地向你逼近。在「我們那個時代」，沒有多得不得了的各種說明書，這是初級使用的說明書，然後還有中級、高級、應用篇，加上如何升級和機種連結的說明書……。

在「我們的時代」，人們就只是很單純的伸手去拿自己想要的東西，把它帶回家就是了，就像在市場裡面買小雞一樣，很簡單也很粗魯。然而，「我們的時代」是適用這種簡單形式的最後一個時代。村上春樹用這個方式形容他成長的六〇年代末期。

兩個模範生的戀情

接下來解釋副標「高度資本主義前史」。在高度資本主義發展之前的最後一段時光，人還用乾淨、簡單、粗魯的方式活著，沒有那麼多跟商業、廣告有關的刻意複雜、圍繞我們生活囉囉嗦嗦的東西。在那樣的時代裡，有一個男生和一個女生。男生是敘述者的高中同學，成績很好、運動也很拿手、待人親切又隨和，還很有領導能力，就是那種樣樣都好的優等生。而且他還會唱歌，也很會說話，辯論比賽時他永遠都當結辯，生活又有規律、守規矩，也很有女生緣，女生有不懂的數學問題，第一想到的一定是去問這個男生。

這個男生的人緣比敘述者「大概好上二十七倍」。這是標準村上春樹式的用法，「二十七倍」，不是二十六倍或三十九倍。接著敘述者說：站在個人立場，他並不喜歡這種人，他跟這種人合不來。他比較喜歡那種不完美、更具有真實感的人。

不是他會喜歡的這種人，那為什麼會特別記住呢？因為這個男生後來交了女朋友，是別班的女生。這個女朋友也是長得漂亮、成績好、運動又拿手、領導能力也很強的女生，辯論賽中她也是總是當結辯。這是兩個同樣的人，同樣優秀傑出的人。兩個同樣的人成了男女朋友，給敘述者留下最深刻印象的，是他們兩人在一起，就是一直聊天一直聊天一直聊天。讓他覺得很驚訝：這兩個人怎麼會有那麼多話好說？

兩個人一直聊天一直聊天，有一大部分是因為他們都很清純吧？他們和敘述者這種一般的高中學生很不一樣。敘述者喜歡和其他一群男生混在一起，厚著臉皮跑到藥局去買保險套啦，練習怎樣用一隻手把女生的胸罩脫掉啦，做這些充滿了「性」的想像與冒險的事。對他來說，那兩個清純的、一直聊天一直聊天的男女朋友，真的是很遙遠的、很難理解的奇特現象。

高中畢業之後，經過了一段時間，敘述者本來已經忘掉了這個「優秀」的同學，然後在奇特的情境下，義大利中部的一座叫做盧加（Lucca）的小城，兩人重逢了。一起吃飯、一起喝酒，那個「優秀」的同學開始回憶高中時和那個女友之間的事。

兩個人很要好，的確每次見面都在聊天，不過別人沒看到的，是他們常常在沒有大人在的女孩家裡，親吻、愛撫。不過僅止於用手愛撫，沒有再進一步。男生當然會覺得不滿足，會想要真正做愛，可是藤澤小姐，他的女朋友卻一再拒絕：「我沒有辦法，因為我要保留作為一個處女，一直到結婚。」這對她來講是那麼重要、那麼堅持的事。

他們高中畢業上了大學，男生去東京唸了東大，女生則留在神戶念女子大學。大一暑假，男生回到神戶見到女生，強烈地要求：「我一個人在東京待了那麼久，一直想妳，我實在太愛妳了，不論我們相隔多遠，我對妳的感情永遠不變，因此我希望我們之間有一個明確的結合為一體般的關係。」接著，他又說：「我希望即使隔得再遠，我們仍擁有結合為一體的把握。」

但是女孩還是拒絕了：「我不能把自己的處女之身給你，這個是這個，那個是那個，只要我做得到，我什麼都可以給你，只有那個不行。」男生就說：「那我們結婚好了，還是我們訂婚好了，如果妳怕我不負責任的話。我願意負責任，我已經考上很好的大學，將來我有希望進入一流的公司或政府機構服務，我什麼都做得到。」

我會，不過現在不行

然而女孩還是拒絕，告訴他說：「你不明白，我和你不一樣，我是女生。」

說完了女生哭起來，一直哭一直哭，哭過後說了一段奇怪的話，她說：「如果，我是說如果，我和你分手了，我還會永遠記得你，我真的好愛你，你是我第一個愛上的人，而且只要和你在一起我就覺得很快樂，希望你了解這一點。可是那個和這個是兩回事，如果你希望我保證對你的愛，那我們就在此約定，我會和你上床，不過現在不行，等我跟哪一個人結了婚之後，我就會跟你上床，我不騙你，我保證。」

多年之後，在義大利小城回憶這段過去，這個男生還是不明白女孩當時那段話究竟是什麼意思，「老實說我當時震驚得連話都說不出來」，那個男生這麼回憶著。後來這兩個大學生繼續維持相隔兩地的情況，過沒多久，就分手了。和那個女孩分手後，男生在東京交了新女友，兩個人很快就同居了。男生大學畢業之後進入職場，一直很忙很忙，畢業後過了五年，他聽到消息說，原本的女友結婚了。

女生結婚沒多久，兩人二十八歲時，男生這個時候在事業上陷入低潮，突然接到女生的電話，她竟然對他的事業、生活瞭若指掌。而她呢？她的先生大她四歲，在電視公司上班，是個導演，還沒有生小孩，因為先生忙得連生小孩的時間都沒有。接下來，女生突然要他到她家去：「你現在就可以過來，我丈夫出差去了。」他立刻理解了她在說什麼，這正是女孩子當年給他的承諾。他猶豫了一下，甚至不太了解自己為什麼猶豫，然後去了女生住的地方。

我們當然很好奇在女生家發生了什麼事。不過在繼續說下去之前，我想先提一下，這個男生後來在義大利小城裡曾說過一段話：「很久以前我曾經看過一篇童話，我忘了童話的內容，可是我記得那個童話的結尾，是這樣寫的，寫說：『當一切事情都結束之後，國王和侍從們都捧腹大笑。』」他說：「我怎麼樣也想不起來童話的內容，我只記得那個結尾。」

去到女生家，兩人互相擁抱但沒有做愛。「我沒有把她的衣服脫掉，我們像以前一樣，只用手愛撫，我想那是最好的，她似乎也認為那是最好的方式。我們什麼話也沒說，只是愛撫了很長的一段時間，我們應該理解的事情是，那種只有『那樣做』才能彼此了解的事。不過，那一切都已經結束了，那是已經封印，已經凍結了的事情，誰也無法再將那個封印撕開來了。」

「待了一個多小時之後，我對她說了再見就走了，她也對我說再見，於是那就是最後的一次的再見了，我了解這一點，她也了解那一點。」走出來之後，這個男人到街上找了妓女，那是他人生中第一次召妓的經驗。

打破框架後的自由

村上春樹開頭就說，這是「我們那個時代的民間傳說故事」。那麼，這個「民間傳說故事」究竟要對我們傳遞什麼訊息？或說，更根本一點的問題：為什麼這叫做「民間傳說故事」？還有，這個「傳說故事」和「我們的時代」中間的關係又是什麼？

這真的很有意思。同樣的意念、同樣的訊息會一再在村上春樹的小說裡出現。他一直被六〇年代末期曾經存在過的巨大的解放、巨大的光芒，以及這巨大的解放光芒帶來的恐懼籠罩著。我們看他描寫「傳說故事」裡的那個男人，小說中他自己說：「以前我一直認為自己是一個很無趣的人，從很小的時候起，我就是一個規規矩矩的小孩，我總覺得自己的周圍彷彿有個無形的框框，我一直小心翼翼地生活，不敢超越那範圍。」這個小孩，是個日本式拘謹的模範小孩，然後他碰到了另一個日本式的模範小孩，兩人像孿生兄妹一樣，過著很日本的生活。

這種很日本的生活，應該也留有村上春樹的記憶吧！前面特別提了，他本來要是考東大法律系的。「傳說故事」裡的這個男生，恐怕比小說裡的敘述者更接近村上春樹的真實經驗吧？村上春樹其實不是一開始就如此和別人不一樣，更不是一開始就很叛逆的。

這小說在寫「模範日本小孩」遇到的誘惑，一種打破框架獲得自由的誘惑。那個女孩身上最大的框架，是她的處女身體。這個框架她無法打破，綁著她、限制著她。她知道的、她想像的，是只有靠結婚才能打破處女身體那個框架，給她自由。那個社會給予處女的解放、讓處女變成不是處女的辦法，只有結婚，所以她的自由，包括為愛情奉獻的自由，反而只有在她結婚之後才能獲得。

當然她不可能沒有意識到：結婚、婚姻生活、家庭生活，是另一個框架，甚至是更大、更緊密的框架。解放了處女身體的婚姻，只是讓她進入另一個框架。所以結婚不會是自由的來源，即使和自己喜歡、自己所愛的人結婚，也是如此。那麼自由到底在哪裡？在結了婚之後，可以和丈夫以外，從前的愛人，「我第一個愛上的人，而且只要和你在一起我就覺得很快樂」的那個人上床做愛。

二十八歲那年，這種條件終於到來了。但是小說講的卻是：當「自由」到來時，你不必然就會用來追求原本沒有自由時所渴望的東西。真的沒有了框架，不再受限於處女之身，那種情境比原來背負著框架時想像的自由景象，要複雜得多。在缺乏自由的情況下去想像自由，相對是簡單的，因為那時很清楚自己當下的匱乏。沒有錢的時候，想像自己中了樂透，覺得當然明白錢要怎麼用。但一旦真的手上突然有了幾千萬，看到的、想到的，會比沒有錢時複雜、困難得多。

村上春樹在那場革命的過程中，很早，而且可能過早地，得到了真正的人生洞見。他看到了同一代的年輕學生，在那麼短的時間中，用那麼戲劇性的方式，拿掉了他們身上的框架。結果他們卻都不是依照自己原來想像的方式，去運用自由，以自由去追求本來想要的東西。

這是個極其龐大的主題。人一旦真的得到自由，會如何對自由反應？如何對待自由？這個「民間傳說故事」，不過就是可能有的一種反應。自由來了，你卻發現，沒有辦法去拿你原來想要的東西，因你不再想要了。在自由的前後產生了微妙的變化，當限制不再，不再有處女情節卡在兩個人中間時，他突然覺得親吻愛撫所能得到的，比起他原來熱切渴望的「完整的結合」，反而更重要。親吻愛撫中保存的是兩個人所熟悉的，有著兩個人真切、無可取代的回憶。

因此，村上春樹的小說一直在問：人一旦被解開了框架與拘束之後，他會做什麼？

二、如唸詩般地自言自語

《電視人》書中的第二篇小說，也有奇怪的篇名，主標題叫做「飛機」，副標題卻是「或者他怎麼像在念詩般自言自語呢」。

小說裡的敘述者一開始就明白交代：他二十歲，遇到了一個二十七歲的女人。這個二十七歲的女人住在一間有電車會從旁邊經過的房子裡，已經結婚了，也有小孩。二十歲的男人成了二十七歲女人的婚外情，常常到女人住的地方去和她偷情。然而對二十歲的男人來說，二十七歲的女人就像「月球背面的東西」。月球繞著地球轉，有一面永遠面對地球，另一面永遠背對地球，在地球上無論如何都看不到另一面。這個女人對他是像月球背面一樣的存在。

這個二十歲男生每一次到女人家裡，那女人幾乎每次都會哭，可是他卻從來不知道她為什麼哭？那個二十七歲的女人還會反覆對他說，她的婚姻很好，沒有問題。男人當然也疑惑：「妳的婚姻沒有問題，那妳幹嘛跟我上床？」不過他沒有將這個問題問出口。女人每次都一定會哭，哭完之後，他們就上床做愛。做愛的時候，女人會習慣性地看床頭的鬧鐘，因為她必須要知道小孩從幼稚園回來的時間到了沒有。

女人的丈夫在旅行社工作，喜歡聽歌劇，這個男生從來沒有遇見過。有一次他照例去她家，照例她哭了，照例兩人做愛，做完愛之後，男生去洗澡，洗完澡出來，女人突然問他：「你是不是從以前就有自言自語的習慣？」他嚇了一跳，第一個反應以為自己在做愛過程中自言自語。女人說不是，他只是在平常的時候自言自語。

男生完全不知道自己有這樣的習慣。女人就說起往事：「我小時候也喜歡自言自語，可是媽媽不讓我自言自語，她會懲罰我。有的時候我自言自語，她會把我關到衣櫥裡面，衣櫥裡面太黑了，所以我就養成習慣，以後想到什麼就把它嚥下去，不說了。」男生忍不住問女人：「那麼我自言自語到底講什麼？」女生的回答：「你簡直像在唸詩一般的自言自語。」說完這句話，女人臉紅了。男生覺得很奇怪：我像唸詩般自言自語，為什麼她會覺得不好意思呢？

女人拿了一張紙，將她聽到男生自言自語的話寫下來。男生一邊洗澡一邊自言自語的是：「飛機／飛機在飛／我，在飛機上／飛機／是在飛著／可是，即使在飛著／飛機在／天上嗎」。話語內容中有一種奇特的催眠般的氣氛。之後，她啪地一聲將原子筆擱在桌子上，抬起頭靜靜地望著他。兩人沉默了好一陣子，時間在沉默中流逝，電車通過軌道往前飛馳，他和女人在想同樣的事——飛機的事。他在心靈深處製造著飛機，那一架飛機究竟有多大？是什麼形狀？……。不久，女人又哭了，她在一天之中哭了兩次，這是過去從未有的事，也是以後不會再有的事。

對莫名其妙的高度包容

讀過村上春樹的人立刻可以辨識這是典型的村上春樹式的小說與小說敘述。什麼樣的典型呢？村上春樹的小說中，有一種莫名其妙，尤其在描述人與人的互動時。所謂的莫名其妙指的是裡面有很多不解釋、而且不追究的東西。這和我們一般讀到的小說很不一樣。

例如，二十歲的男人說，二十七歲的女人是「像月球背面的東西」，很大的原因來自於他都不去問、不去探究，那女人在他生命中是個有限的存在，他也不好奇。村上春樹小說裡的角色，常常不好奇到不合理的地步。

就連表面上看起來，應該是要去追尋、探究的小說，像是《尋羊冒險記》，尋找了半天、冒險了的結果，都還是不會有明確的、對的答案。到底那個「羊男」是「羊」還是「男」都搞不清楚，又怎麼可能有對的答案？自己也不可能有我們本來預期的交代浮現出來了。村上小說裡的角色看到的世界，如果用一般的常識標準來衡量，是很神奇的。那裡容許有一個一個不被追究的謎團飄浮著。

二十七歲的女人說她的婚姻沒有問題，在旅行社工作的先生沒有問題，卻又一直跟一個二十歲的男生上床，做愛之後要看一下鬧鐘，看時間是不是到了。這裡面應該有很多需要被說明、或者需要在小說中被認真想像的東西。例如她到底如何對待自己的婚姻？當她在做愛後查看鬧鐘時，心中有沒有罪惡感？二十歲的男生不會在意她看鬧鐘的動作嗎？……然而在村上春樹的敘述中，這些都被視為可以不追究的問題，可以理所當然地記錄下來。

村上春樹的角色有一種最特別的能力，就是容忍莫名其妙，對莫名其妙的現象如實接受，既不驚訝，也不追問。容忍莫名其妙的現象，製造了特別的效果。這些角色身上都帶有一種自我選擇的疏離。他自我選擇，沒打算要了解這個女人，這件事情很特別。一方面我們看到了這個二十歲男人對二十七歲、跟他上床的女人缺乏好奇心，另一方面我們很快得到了答案，或許說答案的暗示。為什麼可以容忍這樣莫名其妙？很簡單，他因為連自己是什麼都不太明白，自己就是一團莫名其妙。他不會知道自己自言自語，不會知道自己用詩一般的語言在自言自語，這不是很奇怪嗎？在如此不了解自己的情境中，又如何、又為什麼要對別人好奇，對周遭世界好奇呢？村上春樹小說中有很多這種角色。

有人讀過另外這一篇小說嗎？有一個人下班回家，發現一隻巨大的青蛙坐在他家客廳裡，他問：「你為什麼要來我家？你要幹嘛？」然後這個青蛙老弟就告訴他：「請你跟我一起去解救全東京的人。」這個人沒有驚慌，雖然他覺得有點困擾，卻沒有強烈的意外感覺。沒有任何事情對村上春樹創造的角色是意外的。

照理說，這種對各種莫名其妙現象都能容忍的角色，應該會讓我們感到不可信，甚至不可忍耐。那是個多麼麻木的人，以至於回家看見一隻大青蛙坐在家裡客廳，都不會驚訝、不會跳起來、不會奪門而出！但村上春樹的一項巨大本事，或者該說他一直努力在做的事，就是讓這種麻木變得可愛，變得有說服力。我們不會討厭他們，因為我們從村上的語言與描述中感覺到：他們有比我們更強壯的

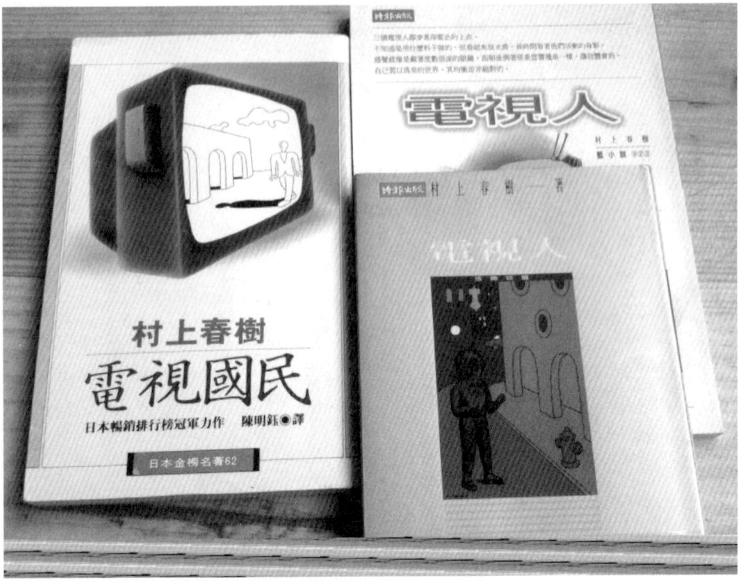

村上春樹的《電視人》先前曾經以《電視國民》的書名出版。

神經，面對這個世界各種可能性時，有比我們更巨大的包容力，所以他們不會對那麼多事情驚訝，也不會一定要去探究月球的背面到底是怎麼一回事。

從這種謎團、莫名其妙與對於莫名其妙的高度包容中，產生了一種特殊的詩意，特殊的詩學。這是我們在眾多村上春樹的小說中，發現的第二個共同主題——人與人之間的疏離、莫名其妙，以及莫名其妙中所透顯出來的一種生命情感。

三、突如其來的電視人

《電視人》的第一篇小說，就叫〈電視人〉。星期天的黃昏，有一個人坐在房子裡面，然後呢，突然有三個「電視人」跑到這個人的家裡來。他沒有特別驚訝，沒有驚訝到去報警，甚至沒有驚訝到問那些「電視人」是怎麼跑進來的。

他很冷靜，很盡責地向我們形容電視人的模樣。電視人比一般人矮小一點，就像將一般人按比例縮小為七成的模樣，不像侏儒也不像小孩，因為侏儒或小孩跟大人的比例不太一樣，電視人卻完全按照正常比例，就是變小一點。為什麼叫電視人？因為他們將電視扛到他家裡，先將他家弄得亂七八糟，然後將電視插上插頭，架起了天線竿子。

在這個過程中，這個敘述者一直看著他們，心裡竟然只是嘀咕著：「糟了，你們把我太太的雜誌亂翻，那些地方不可以翻的，她不准我動這些地方。完了，我太太回來一定會把我罵死，她一定會罵說，『我禮拜天出去一下，你就把家裡搞成這樣。家裡本來沒有電視，怎麼會突然多了電視呢？』」但是接下來他太太回來了，卻並沒有如他擔心地那樣破口大罵，她好像完全沒有發現家裡變了一個樣子，也沒有發現家裡多了一台電視。

再接下來，他到了販售家電的公司上班，大家正在開會，突然間那三個電視人又出現了。大剌剌地抬了一臺SONY電視——他們公司的敵對品牌——就進入辦公室，在那裡安裝電視。他想：你們怎麼可以這樣子呢？覺得很受不了，他就跑到洗手間尿尿，剛好另外一個同事也在旁邊尿尿，他若無其事地提了一下那幾個搬電視的人，結果他的同事竟然完全沒有反應，轉水龍頭把水關掉，從架子上拉了兩張紙巾來擦手，擦完以後，紙巾揉成一團丟進垃圾桶，連看都沒看他一眼。搞不清楚同事到底有沒有聽見他說話，在當時氣氛下，也不適合再追問。

又回到家裡，他就將電視打開，發現電視上並沒有影像。時間愈來愈晚了，太太卻沒有回來，電話答錄機裡面也沒有留言。通常只要超過六點鐘不能到家，他太太都會打電話回來的。太太不見了。等著等著，他迷迷糊糊睡著了，似夢似醒，發現沒有畫面的電視裡出現了電視人，電視人從電視裡爬出來。一個電視人告訴他：「我們正在坐飛機。」電視上就出現了森林深處幾個電視人在坐飛機，還討論著關於飛機的事。這時候，在客廳裡的電視人突然對他說：「你太太不回來了。」他嚇一跳，聽不懂電視人的意思，電視人就再次說：「你太太已經不回來了。」「為什麼？」他問。「因為你們之間已經完了，所以她不回來了。」

不同世界的交錯並存

這個小說展現出另一項村上式的特色，那就是在一個空間裡，在一個人的生命中存在著超過一個以上的不同世界。不同世界的交錯並存，往往被用來對稱、映照人與人之間的疏離。電視人進到他們家，他腦袋裡想的，其實都是他和他太太生活上的差距。差距早就在那裡，被闖入的電視人凸顯了，或說被電視人闖入這件事映照出來，無法繼續隱藏著了。

奇怪的電視人，原本不存在這個世界的奇怪東西，從另外一個世界介入，因為另一個世界的交錯、介入，才讓我們能真切了解這個世界？村上春樹的小說經常有這種不同世界並存並置的情況，讓他的角色穿梭進出不同的世界。

這些角色用一種慵懶的方式進出不同的世界。他們不會大驚小怪說：「啊，這是個奇怪的地方，我怎麼會跑到這種奇怪的地方來了！你們看到這個那個奇怪的事情了嗎？」不，村上春樹的不同世界，突然之間就來了，來了也沒有辦法準備，就在那裡，有這樣的另外一個世界在那裡。有了另外一個世界和原來的世界並置、拼貼（collage）在一起，於是產生了對於原有的、我們原本視之為理所當然的唯一的世界，不同的認知、不同的理解。

村上春樹是一個始終如一、很固執的摩羯座。他六十歲了，還可以堅持跑馬拉松。三十多年來，他一直在寫小說，寫了那麼多小說，然而隨手翻開一本《電視人》，看看最前面的三篇小說，竟然也就能夠整理出他所有小說中共同的三個核心元素。讓我們複習一下，這三項核心元素是：

第一、人與自由的關係。取得自由之後要如何運用自由，這不是件簡單的事，很多時候甚至是件恐怖的事。

第二、人與人之間的疏離。人活在一個我們無法追究，永遠莫名其妙、模糊一團的世界裡，這個世界逼迫我們採取一種疏離的、慵懶的生存態度或生存策略。

第三、雙重、乃至多重世界的並置、拼貼，而且用這種手法來彰顯我們所存在的具體世界。

環繞著這三項核心元素，村上春樹花了三十年的時間建構起他自己的一套小說系統。有興趣的讀者可以依照這三項元素去遊逛、去分類村上的小說，應該八九成都能夠被歸納進去。有些小說是第一項加第二項，有的小說是第一項加第三項，有的是第二項，有的是三項都有。基本上，他維持著很明確的主軸堅持地寫著他的小說。更有意思、更重要的，從這三大核心要素去看，我們就發現村上春樹的小說和其他傳統的、現代的日本小說相較，真的有很大的差距。

第三章
日本文學的異鄉人

村上春樹的作品傳遞出來一種很特殊的永恆，
沒有年紀，也沒有時代，在他的作品裡沒有時間的流逝，
也沒有時間流逝所產生的深刻哀傷、痛苦、掙扎。
他將發生在不同時代的事情，放入多重交錯、並置拼貼的架構裡，
讓從前、現在、甚至未來的事情發生在同一個時間平面上，
取消了原本強大、強悍的時間感，取消了原本時間的線性排列。

一、日本小說傳統中的「物之哀」

依照村上春樹小說內部提供的文本證據，我完全相信他自己的說法：在四十歲之前，他沒有讀過日本文學。他的小說和日本的文學傳統的確大異其趣。日本文學從平安朝一直到現代，一直到川端康成，有一個關懷貫穿其中，是村上春樹作品中所沒有的。

日語中對於小說的傳統稱呼，寫成漢字是「物語」，就是《源氏物語》、《竹取物語》的「物語」。密切跟隨著「物語」名稱的，有「物之哀」的觀念。

「物之哀」是個複雜的概念，構成了平安朝文學的基礎。「物之哀」包含了幾層不同的意思，第一，萬物皆有其哀。萬物之所以必然會有一種悲哀，來自於時間。沒有任何東西在時間的淘洗中，可以完全不變。但萬物難道沒有其樂嗎？對於平安朝的人來說，萬物不斷地老化和衰頹，所以樂是短暫的，哀是必然的，哀是長遠的。這是第一層的意思。

第二層的意思是，最純粹的感情、最美的感情來自於「哀」。川端康成有一本小說，書名叫做《美麗與哀愁》。從平安朝貫串到川端康成的文學中，哀愁與美麗，是同一回事，只有哀愁中才能展現出美麗。唐納金（Donald Keene）[1]曾經試圖用希臘悲劇中「昇華／淨化」的概念，來解釋「物之哀」這一層的意思。

為什麼悲劇的位階比喜劇高？因為喜劇是現實的東西，你在喜劇中能得到的，只是一些現實的混亂。而希臘悲劇意味的是，當你面對已知的、比你強大的命運，你還要去對抗它。這種文學上類似的作用，也表現在「物之哀」上。什麼時候我們可以感受到美？什麼時候我們可以超越有限的、凡俗的生命，而進入到美的境界？那就是當我們沉浸在哀愁裡的時候。哀愁使我們認知到自我的限制，哀愁也使我們理解到我們跟外界一種深刻的關係。所以最純粹的感情，來自於哀愁。唯有能夠描寫哀愁、捕捉哀愁，我們才能了解人間之美。

「物之哀」的第三層意思是，我們可以去領受、賦予萬事萬物所無法表達的哀愁。也就是說，世界上的所有東西都有其感情，可是只有人有這個能力去同情、哀憐，我們跟周圍所有的物之間，沒有一個絕然的距離與分別。

人什麼時候會覺得與物同一？人什麼時候會覺得和大自然、萬事萬物萬象最接近？在浪漫主義的傳統底下，他們選擇的答案很可能是寂靜、寧靜。可是平安朝的日本人所選擇的是，當我感到悲哀、看到悲哀的時候。也就是說，當我感受到象徵著時間的河流，不斷地在向前奔流的時候，我感覺到那種一去不復返的衰頹、跟永遠無法再回頭的情緒與現象的那個時候，人覺得自己跟大自然、萬事萬物萬象最接近。我悲憐、哀憐那些河川裡被沖刷的石頭，在那個時候我就跟那些石頭有了關係。這就是「物之哀」的另一層意義。

川端康成與三島由紀夫

川端康成是最善於捕捉「物之哀」的人。他曾在一篇散文裡，記錄他跟一位鄉村裡的年輕教師的對話。年輕教師說，他們帶小朋友去畫畫，隨便他們高興畫什麼就畫什麼。結果在三十四個同學裡面有二十一個畫了富士山。有意思的是，另外有十二個小孩畫了燕子。川端康成問：「燕子？」年輕的教師說：「對，燕子，這也出乎我意料之外。我根本沒有注意燕子到了這個地方。」他說，小孩子畫的時候是四月底，「孩子們看到燕子來，感覺到季節的藝術。」跟前後文無關地，川端康成說：「咦，我有個關於溫泉燕子的故事。」然後他便講了一個很短的故事，他說：

「我有一個朋友的情人後來成為了電影明星，這個女孩是他從學生時代就要好的情人。隨著那個女孩愈來愈有名之後，她就有點想要疏遠原來的這個男朋友，也就是我的朋友。不過在女孩演的第一次電影放映的時候，他們一起去看了。電影裡面，這個女孩子打扮地像山上的小女孩一樣清純，單獨走下山坡。此時在鏡頭裡面，有燕子從銀幕的一角飛過去。『啊！燕子！』那女孩不由得叫了出來，然後跟她的男朋友彼此互視。在拍那個電影的時候，可能導演跟攝影師都沒有注意到有燕子飛進鏡頭裡。那個女明星更是毫不知情。等電影播放完畢，女孩一直重複告訴男人好幾次，一再說：『燕子，燕子。』那隻燕子已經飛入女孩的心靈深處了。女孩在說完燕子後，就軟弱地投入男人的懷裡，靜靜地哭了。後來我的朋友告訴我，鏡頭裡的地方，就是這溫泉的山坡。」

整個故事這麼短。在燕子的故事裡，為什麼女孩會哭？她在裡面感受到什麼？她把她想要離開這個男朋友的悲哀，投射在這隻燕子身上。可是這裡面又沒有那種文學中很嚴密、結實的象徵跟比喻，完全沒有，這叫做「物之哀」。

「物之哀」出於時間，不可逆，但對人來說卻是可回憶、可感慨的時間。人面對時間如此幽微卻又那麼強悍的力量，必然產生種種的感慨。所以從《源氏物語》開始、到谷崎潤一郎、到川端康成、到三島由紀夫，日本文學不會輕易放掉時間的主題。新感覺派的谷崎潤一郎最精彩的作品都是講人如何用激烈的、戲劇性的手段試圖抗拒時間的。這個傳統從谷崎潤一郎延續到川端康成的《睡美人》、《山之音》，那都是與時間周旋的一種日本式的淒美表現。而三島由紀夫在壯年時終止了自己的生命，正因為那個時候生命最美好。

我想你們知道日本的櫻花哲學。櫻花盛開之後是不會凋萎的，而是在開到最盛頂端，在四月底的時候，以「吹雪」的丰姿從樹上落下。風吹過，繁花如雪悠然飄落，落姿之美不亞於樹上綻放。那是淒美，甚至是戲劇性的壯美。死亡、結束的壯麗。三島由紀夫也是在這個傳統底下，要留住青春，拒絕讓自己老去，拒絕看到自己因為老去凋萎，顯現醜惡的顏容。

另外一面，如果已經過了青春的年紀，青春不再時，那就試圖以各種方式去掌握青春之美作為平衡、補償，平衡自己老邁的肉體，彌補時間的折磨。這是日本文學「物語」最精彩的一部份，有著各式各樣、無窮無盡的變形。

二、村上春樹作品的共時性特質

最怪的是村上春樹身上、他的小說裡沒有這種「物之哀」。所以我說，村上春樹六十歲了，讓我覺得難以置信。不是因為他還能跑馬拉松，外表看起來比實際年齡年輕得多，主要是由於他作品傳遞出來一種很特殊的永恆（ageless），沒有年紀，也沒有時代。在原本對時間性最敏感的文化、國度裡，出了一個再醒目不過的怪胎，這個怪胎的作品裡沒有時間的流逝，沒有時間流逝所產生的深刻哀傷、痛苦、掙扎。

村上春樹的小說有另外的掙扎，但很少是針對最奇特的時間這個題目，他的小說沒有和時間之間的密切關係。讀村上春樹小說蠻好的一點，就是可以錯覺年紀不存在。

回想一下曾經讀過的《挪威的森林》，回想一下讀《挪威的森林》時的感覺。有誰讀到書中描寫的大學生活、男女愛情時，意識到：《挪威的森林》的作者村上春樹當時已經快四十歲了？沒有吧？在行文、敘述中，完全沒有流露出一

讀《挪威的森林》時，誰都不會想到，
村上春樹當時寫這本書時已經是一位年近四十歲的作家。

點點藏不住的感慨，那種由四十歲的現在，回頭看二十歲的青春會有的感慨。

村上春樹的小說，包括《海邊的卡夫卡》，帶著強烈的「共時性」特質。所有事情都發生在同樣一個時間平面上，少有「貫時性」的延宕。「貫時性」必然引發「物之哀」，必然會有時間流逝產生的變化。然而，《海邊的卡夫卡》中，即使小說牽連到第二次世界大戰時發生的事，那個古老的事件卻不是以時間的形式存在的，它是以一個雖然發生在過去，卻會和現在時間重疊的另外一個世界，出現在小說中。

村上春樹如何塑造小說中永遠不老的強烈共時性？其中一種手法，就是將發生在不同時代的事情，放入多重交錯的架構裡，讓從前的、現在的，甚至未來的，原本時間的線性排列，前後接連發生的事混合起來。過去以另一個世界的存在形式，浮在現實中或疊在現實上。

諸多時間疊合、並置，這中間具備了「後現代」的意味。「後現代」的一項價值根源就在：相信該有、會有的事之前都發生過了，時間到這裡不會再有發展了。因而我們能做、該做的，不是勉強繼續去發展新的東西，而是將過去曾經出現過的不同風格，找出不一樣的方式予以並置、拼貼、連結起來。從這一點、從這個定義來看，村上春樹是一個標準的「後現代小說家」，他發明並嫻熟地運用了這種特殊的共時拼貼方式，取消了原本強大、強悍的時間感。

大量且有高度異國風的符號

還有第二項重要的手法。日本舊有文學傳統帶有濃厚的「物之哀」，其基礎當然就是「物」，不論是有生命或無生命的「物」，會隨時間而衰老、磨損、消逝的「物」。村上春樹之所以能夠讓時間消失，讓人不去感受物與時間之間的哀傷關係，那是因為在他絕大部分的小說作品中，用別的東西取代了世界裡的「物」，那必然要經歷並飽含時間折磨的「物」。他用來取代的「物」的是「符號」。村上春樹的小說中充滿了大量的符號，而且往往是具有高度異國風的符號。不妨想像一下，讀過的村上春樹小說裡的主角，他長什麼樣子？他過什麼樣的生活？最先浮現上來的，幾乎都是各種「符號」。

任何一個村上春樹迷都應該很容易回答得出這樣的問題。村上春樹的主角早餐吃什麼？他平常最愛喝什麼？他聽什麼？他穿什麼？他做什麼運動？……。不管哪一部小說，不管主角叫什麼名字，我們會記得他從冷凍庫裡拿出來冰塊，削成一個圓球，放入杯子裡，然後將威士忌倒上去。他聽爵士樂，聽艾靈頓公爵（Duke Ellington）[2]、桑尼・羅林斯（Sonny Rollins）[3]和史坦・蓋茲（Stan Getz）[4]。他穿RALPH LAUREN的polo衫，他早上給自己做三明治來吃，早餐絕對不會是白飯配味噌湯，中午就煮一大鍋水，下義大利麵，卻一定不會說：「啊，來烤一條秋刀魚吧！」

小說中充滿了各式各樣生活的記號。這些記號有什麼作用？標示了主角身上的異國性。他不是一般日本人。村上春樹筆下的這些人，雖然活在日本社會，但毋寧以一種「異己」，近乎外星人的方式存在的。在那個具體、現實的環境中，他們很明顯地格格不入，是被各式各樣「非日本」的符號所包圍、所定義的「異己」。眾多異國風的符號阻擋了我們平常閱讀小說現實描述時，必定油然升起的時間感。

《電視人》的第三篇小說特別標舉「高度資本主義前史」，什麼是「高度資本主義」？村上春樹有很清楚的說法——「高度資本主義」的象徵就是那些無窮無盡的說明書，不再有簡單的事情，每一件事情、每一樣東西上面都附加了一大堆繁複的標籤。「物」會老，你們家用的那台SONY電視會壞，可是SONY這個符號卻一直存在，沒有年紀、沒有時間。「物」會老，但將每一台電視串聯起來的SONY這個符號不會。

對照於眞實世界的模型世界

高度資本主義所創造的，就是這種「符號的神話」，SONY永遠不老，永遠在那裡。這台那台電視會壞，更有可能是還沒壞就被換掉，然而標記在電視上的SONY永遠不會壞。通過SONY，我們碰觸了無時間。通過SONY發明的CD，我們碰觸到了永恆。CD剛發明時，給人們的宣傳就是：人類發明了一種永久保存音樂的方式，那裡藏著永遠不壞的音樂。於是我們買下了人生的第一張CD，小心翼翼拆封打開，摸到那個金屬的圓形薄片，真的覺得自己摸到了永恆。

同樣那個時代，美國太空總署發射了探測太陽系的無人太空船，「領航者一號」、「領航者二號」。其中一艘太空船在探測過幾個行星後，將會一直不斷地飛行，往太陽系外飛出去。朝宇宙一直飛一直飛出去，永遠飛行下去。四十年後，我不在了，「領航者」還在飛。百年後你們都不在，「領航者」還在飛。四十億年之後，太陽不見了，「領航者」還在飛。地球不見了，我們的銀河系不見了，「領航者」都還在飛。或許會有莫名其妙的外星人在我們永遠不會知道的時候、在我們永遠不會知道的地方，將「領航者」捕捉了。他們會在太空艙裡發現一張上面錄了各種地球聲音的CD。哇！何等神奇！CD也是一個符號，一個新的神話，這個神話和現代性中對於時間的高度敏銳，徹底逆反，背道而馳。

村上春樹很在意小說裡面的符號，這些符號像在一個地圖模型上，插了很多玻璃管子或玻璃箱子。閱讀村上春樹時，如果你對那些符號沒有特別感應感覺，符號就產生了隔離時間與變動的效果，那裡由符號構成了一個模型般的世界，和我們的真實世界相對照，卻不像真實世界那樣不斷變動。

然而若是你對其中的某個或某些符號有所理解，那你就看到了透明管子、透明箱子裡裝的東西，於是小說的意義，至少是部份的意義就被你透過符號看到、感受到的訊息、刺激給改變了。

1 唐納金　一九二二年六月六日出生。美國哥倫比亞大學教授、日本文學研究專家。

2 艾靈頓公爵　一八九九年四月二十九日—一九七四年五月二十四日。原名愛德華・甘乃迪・艾靈頓（Edward Kennedy Ellington），美國作曲家、鋼琴家與爵士樂團首席，對爵士樂有極大的影響力。

3 桑尼・羅林斯　一九三〇年九月七日出生。深具代表意義的爵士樂薩克斯風手，與另一位爵士樂大師約翰・柯川（John Coltrane）並稱一時瑜亮。

4 史坦・蓋茲　一九二七年二月二日—一九九一年六月六日。爵士樂史上重要的薩克斯風手，是芭莎諾瓦（Bossa Nova）樂風的代名詞。

第四章
希臘悲劇中的伊底帕斯

對於從來不聽爵士樂的讀者而言，
村上春樹作品中那麼多爵士樂樂手的名字和樂曲名稱就只是一連串重複的符號而已。
但對於熟悉爵士樂的讀者來說，那些符號就承載了不同東西，彰顯不一樣的意義了。
村上春樹喜歡藏典故，他是個愛設陷阱的人，那麼我們就應該用找出陷阱、
拆除陷阱的態度，來享受他的小說、從中得到特殊的樂趣。

對於從來不聽爵士樂的讀者而言，村上春樹作品中那麼多爵士樂樂手的名字和樂曲名稱就只是一連串重複的符號而已。但對於熟悉爵士樂的讀者來說，或者會特別用心去讀村上春樹寫的《爵士群像》的人，那些符號就承載了不同東西，為什麼在這個時刻聽這段音樂，成了小說內容的一部分，有時甚至是非常重要的部分。

一邊讀小說，一邊把兩冊《爵士群像》放在旁邊，小說中出現任何一個爵士樂樂手名字，查特・貝克（Chet Baker）、或者是艾靈頓公爵[1]、或者是邁爾士・戴維斯（Miles Davis）[2]，就立刻查查《爵士群像》如何描述這個人。突然之間，穿插在文章裡的人名，就開始對你說不一樣的話，彰顯不一樣的意義了。

村上春樹的互文世界

這就是村上春樹小說的「互文」[3]結構。每一個符號都是或大或小的互文可能性，而他的小說就是靠各種互文可能性仔細搭蓋起來的。從《聽風的歌》開始就是如此，那裡面記錄的成長的過程，每一段都伴隨著重要的符號。敘述者小的時候，有自閉症不說話，去看醫生。這段出現了一個牛奶盒，牛奶盒上面的圖樣就是一個縮小的牛奶盒，那個縮小的牛奶盒中又有一個更小的牛奶盒，一層一層縮進去。那當時是關於無限的暗示，是小孩開始對於無限產生了好奇與困惑的經驗記錄。不過，那真實有過的牛奶盒也是一個符號，跟他同一輩，有類似成長經驗的日本讀者，會在牛奶盒的符號中讀進自己的經驗、自己的感情，牛奶盒就成了邀請讀者介入文本一個互文入口。

這樣一個有毅力的小說作者，村上春樹持續擴張著他的互文世界，愈後來的作品建構了愈龐大且愈複雜的互文叢林。所以我們讀村上春樹的小說，基本上有兩種讀法，也是兩種走法。第一種走法是順著看眼前的路，順著那條最明顯的路走下去，走進去再走出來。但還有另一種走法，是意識到這森林中每一棵樹的存在，不只是看被樹圍出來的那條路，而去問：為什麼要在這裡長一棵樹？那是棵什麼樣的樹？這樹和前面遇到的另一棵樹有什麼關係？

如果只是走過那條不長樹也不長草的道路，我們走完了村上小說森林，卻很可能沒有真正讀到村上春樹。因為他的互文、典故安排都被忽略了，那就失去了村上小說最大的特點與魅力。

讀《海邊的卡夫卡》，我們至少要追究三棵大樹，也是三個大典故。第一、

田村卡夫卡為什麼要離家出走？其根本原因不是寫在這部小說裡的，而是來自於古遠的希臘神話、希臘悲劇。第二、小說的主角為什麼給自己取了一個名字叫做「田村卡夫卡」？為什麼他身邊一直有一個名叫做「烏鴉」的少年？「卡夫卡」是什麼？「烏鴉」又是什麼？第三、田村卡夫卡離家出走接受那個神祕的召喚，他知道他應該要去一個地方，為什麼後來是去了四國？為什麼那另一個世界藏在四國的森林裡面？

這是三棵巨大得不得了的大樹，這是讀《海邊的卡夫卡》時無法迴避的三棵大樹。我們一定得好好看看這三棵大樹，將它們搞清楚。在觀察這三棵大樹的過程中，或許我們也就能開始養成習慣去看看其他沒有那麼大的樹，然後一直看到枝幹、樹葉，乃至於森林地上的一些玻璃瓶、一些紙屑，可能都有道理。

這是我讀村上的方法，並且多年來從中得到特殊的樂趣。很少小說經得起這種追究互文典故方式的閱讀，然而村上春樹大部分的小說都可以這樣讀。他喜歡藏典故，而且他藏的典故，幸好都是我還有能力解開的。他對美國、美國文學很熟，翻譯過瑞蒙・錢德勒（Raymond Chandler）[4]、瑞蒙・卡佛（Raymond Carver）[5]和史考特・費滋傑羅（F. Scott Fitzgerald）[6]的小說。他認定全世界最偉大的小說是杜斯妥也夫斯基的《卡拉馬助夫兄弟們》。他聽爵士樂，他雕冰塊喝威士忌，這些都跟我沒有那麼遙遠，所以有機會將他設下的陷阱找出來。他是個愛設陷阱的人，那麼我們就應該用找出陷阱、拆除陷阱的態度，來享受他的小說。

一、被污染的底比斯城

讀《海邊的卡夫卡》，不能不了解索弗克里斯（Sophocles）[7]的《伊底帕斯王》（*Oedipus Rex*）這部古希臘悲劇的經典傑作。

《伊底帕斯王》全劇開始於底比斯城的王宮前面，有一群人聚集在那裡，向國王請願、求救。當時底比斯的國王是伊底帕斯（Oedipus），聽到了門前的騷動，他從裡面走出來，問：發生了什麼事？

人群中走出一個祭司，代表向伊底帕斯王說：「底比斯城內正在流行瘟疫，大批的人感染瘟疫死去，包括了還來不及出生的小孩，都被瘟疫奪走了性命。十年前，你曾經幫助我們逃過、克服重要的劫難，那個時候底比斯的城門口來了可怕的人面獅身怪獸（Sphinx），是你的智慧在那時候救了我們，現要我們需要你再度挺身而出，從瘟疫大難中解救底比斯。」

伊底帕斯聽了，回答說：「我早已知道這個狀況，特別請了我的大舅子（他太太的哥哥）克里昂（Creon）去求取阿波羅（Apollo）的神諭了，他應該馬上就回來了，希望他能帶回我們需要的答案。」

接著，他們看到克里昂來了，他的臉上透露著一點笑容，給大家帶來希望。克里昂到了宮前，迫不及待地說：「我已經得到神諭了，伊底帕斯王。你要我進去講給你聽，還是在群眾的面前告訴他們？」伊底帕斯王就說：「我們沒有任何事情要隱瞞的，請你直接說吧！」

克里昂說，阿波羅的神諭很直接明白：底比斯城被污染，所以會流行瘟疫。底比斯城受了怎樣的污染呢？底比斯城原來有一個王，名叫作萊烏斯（Laius），他死了十年，卻遲遲沒有人去找出殺他的兇手，幫他復仇。這座城被那椿褻瀆的弒王行為，以及那個身帶罪行的弒王者污染了。阿波羅的神諭就是：「去找出兇手來，將他驅逐出城，瘟疫就會消解，大家可以回復平安生活。」阿波羅的神諭指示了解決瘟疫的方法，因此克里昂的臉上也露出了安心的笑容。

聽了神諭，伊底帕斯王說：「這件事情我不了解，我來到底比斯時，老王萊烏斯已經不在了，他是什麼時候死的？又為什麼你們都沒有追索兇手，替他報仇呢？」

這得話說從頭。十年前，萊烏斯是在前往德爾菲（Delphi）神廟的路上，被強盜殺了的。那時候，底比斯城陷入一片恐慌，萊烏斯就是為了試圖解決當時降臨在底比斯的巨大災難，才前往德爾菲神廟求助的。災難的來源，是一隻可怕的

伊底帕斯與人面獅身獸。
安格爾（Ingres）繪於1808年。

怪獸——人面獅身獸，站在底比斯城門口，對城裡城外經過城門的人問問題。他問：「什麼樣的動物小時候用四隻腳走路，長大了用兩隻腳走路，老的時候用三隻腳走路，而且牠只有一個聲音？」這動物會變形，但只有一個聲音，所以不會是青蛙。只要有人答不出來或答錯了，人面獅身獸就將他吃掉。底比斯人等於就被人面獅身獸關在自己的城裡了。因此萊烏斯前往德爾菲神廟求助，卻不幸地在路上遭遇強盜送了命。

當時底比斯人自顧不暇，如何能找到那強盜為萊烏斯報仇！後來人面獅身獸的危機是如何解決的呢？有一個外地來的人，從科林斯來的一位王子，經過底比斯城，面對人面獅身怪獸的問題，毫不遲疑給出了答案：「人」，人面獅身獸因而大受刺激，羞愧而死，解決了災難。這位科林斯來的王子，就是伊底帕斯。

災難解決了，可是老國王萊烏斯死了，底比斯不能沒有新的王，於是底比斯人就推舉替他們解決災難的伊底帕斯來當底比斯的新王。伊底帕斯同意了，而且他還娶了原來的王后、萊烏斯的太太為妻。顯然在這一連串的重大變化中，大家就忽略了該要尋找兇手、替萊烏斯復仇的事了。

殺害萊烏斯的兇手

劇中這段往事是由祭司和合唱團（Chorus）一搭一唱說明的。聽完了說明，伊底帕斯表達了他的強烈決心：「我們一定要救這座城，既然阿波羅神諭要求找出兇手來，我對你們發誓，你們也要對我發誓，任何人都不能有一點點隱瞞，我們要找出這個兇手來，把他放逐到城外去。所有人要發誓，沒有人會窩藏這個兇手。任何人知道任何線索，請你們一定都要告訴我。」以合唱團為代表，全底比斯城的人都發誓了。

但是從何去找十年前的一場路上命案的兇手呢？兇手是萊烏斯遇到的強盜，誰又可能知道十年前的強盜現在在哪裡？

當然，神一定知道。但人無法強迫神說出答案來，而且阿波羅神諭責成底比斯人自己去找出兇手，才能躲避瘟疫的傷害。那怎麼辦？到哪裡去找到線索呢？伊底帕斯說：「別擔心，克里昂有一個好建議，我們問不到神給的答案，可以去找能力只差神一點的人，克里昂知道一個了不起的瞎眼預言家叫提瑞西亞斯（Tiresias）。」

提瑞西亞斯這時候應該有一百多歲了，底比斯建城的時候，他就已經是一位預言家了。底比斯建城時，提瑞西亞斯就預言：這座城將來會出一位偉人。如果不能讓神來幫忙找出兇手，至少還有提瑞西亞斯。

提瑞西亞斯來了。這位百歲以上的瞎眼老人來到伊底帕斯面前。然而，一聽伊底帕斯問：「請你告訴我，到底是誰殺了萊烏斯呢？」提瑞西亞斯就發出了哀嗚，他說：「怎麼會有這種事？為什麼我的智慧要帶來如此深刻的悲哀？」伊底帕斯聽不懂他在講什麼，就再問了一次：「如果你知道，請你告訴我誰殺了萊烏斯。」提瑞西亞斯回答：「請你不要再問了，我不會講的。」伊底帕斯很驚訝：「你怎麼可以不講？」他說：「不管你用什麼方法問，我就是不會說。」

伊底帕斯大怒，說：「我剛剛才和這個城所有的人結下盟誓，若是知道有關萊烏斯的事，都要來告訴我，我必須盡快找到殺害萊烏斯的兇手，才能夠解救這座城。城裡上上下下每一個人都發了誓，不會有所隱瞞，你卻要隱瞞嗎？」提瑞西亞斯竟然回他：「對，你發脾氣也沒有用，我就是要隱瞞。」伊底帕斯更氣了，氣得口不擇言，說：「那我知道了，我知道是誰殺了萊烏斯，那就是你，你就是那個兇手，所以你不講。」

提瑞西亞斯被伊底帕斯的話激怒了，他就說：「我不願意說，因為我要說的真相沒有人能夠承受。但既然你用這種方式污衊我，我就只能將這個話還給你，殺了萊烏斯的人就在我面前。」伊底帕斯氣得快昏倒了，說：「你再說一次！」提瑞西亞斯就真的說了，而且說得更明白：「我說殺萊烏斯的人就是你。」伊底帕斯說：「你連續侮辱我兩次，你連續侮辱我兩次！」提瑞西亞斯繼續說：「這還不是全部，除了殺害萊烏斯之外，你還幹下了更可怕的事。」

一個盲眼的預言家在所有人面前指責伊底帕斯，說他就是殺萊烏斯的人，他就是使得底比斯被污染、陷入在瘟疫中的禍首，還說他做了比殺害萊烏斯更可怕的事，對伊底帕斯來說，這真是「是可忍孰不可忍」啊！在憤怒中，伊底帕斯腦中閃過了一個念頭，他大聲地問提瑞西亞斯：「是克里昂教你這樣講的對不對？這是你們的陰謀對不對？我了解了，難怪克里昂建議要找你，你跟克里昂勾結了要把我趕走。這是政變，這是叛變，你們兩個陰謀叛變要謀殺、要陷害你們的國王！」

一旁代表群眾的合唱團連忙安撫相勸：「別再生氣了，你已經氣到不知道自己在說些什麼了？請你不要生氣了，我們還是要尊重這個預言家，雖然他說的話可能是錯的。」盛怒中，伊底帕斯將提瑞西亞斯趕走：「你不要出現在我面前，你趕快走，你給我離開！」

克里昂與柔卡絲塔

提瑞西亞斯離開後，克里昂來了。克里昂氣急敗壞地跑來：「聽說我的國王指控我，在沒有任何證據的情況下，指控我要謀害他！這是件可笑、荒謬、不可忍受的事！」聽到克里昂來了，伊底帕斯站在他面前，不客氣地說：「你還有臉站在我面前？你竟然敢用卑鄙的手段試圖推翻我！」兩個人吵起來，愈吵愈氣，伊底帕斯甚至說出了氣話來：「我就是要你死！」

克里昂說：「你不只要我被趕走，還要我死！可是你有什麼依據，顯示我要害你、要推翻你？」一旁的合唱團就勸伊底帕斯：「你至少要聽聽他怎麼說。」伊底帕斯質問克里昂：「你說提瑞西亞斯是個預言家，能夠預見未來，也能看到很多我們看不到的事情。那我問你：十年前萊烏斯被殺時，他不就已經在這裡了嗎？十年前他不就已經是一個預言家了嗎？那為什麼十年前他不告訴大家到底誰殺了萊烏斯，今天卻要在我面前侮辱我，說是我殺了萊烏斯！」

克里昂很無辜：「我也不知道為什麼！但我絕對沒有指使他。請你告訴我，在這座城裡，我的妹妹是誰？」伊底帕斯說：「你妹妹是我的妻子，她在這個王國裡和我一樣重要。」克里昂再問：「那我和我妹妹相比呢？」伊底帕斯回答說：「你還好意思問我！我視你妹妹和你跟我自己一樣重要，在底比斯城，我身上有多少權力，就分給你妹妹、分給你同樣多的權力。」

克里昂就說：「是啊！難道我是個笨蛋嗎？我實質上擁有你一樣多的權力，而且我不用負擔責任，有任何事情人家就找你。現在這個城陷入恐怖、危險狀況中，我卻莫名其妙設計要推翻你，這意味著我去追求自己其實已經擁有的，同時去找來我根本不想要的，這個說法合理嗎？」伊底帕斯無法理性分析思考了，他說：「我不知道你在講什麼？但不管你怎麼辯解，提瑞西亞斯就是證據，你就是想要推翻我。」

兩個人吵得不可開交的時候，眼看局面無法收拾，一旁的合唱團說了：「幸好，王后來了，柔卡絲塔（Jocasta），我們的王后來了，希望我們的王后可以平息這場爭議。」

王后進來問怎麼回事？兩人又爭吵起來，柔卡絲塔只好勸她的哥哥克里昂先離開，才能問伊底帕斯：「為什麼要這麼生氣？」伊底帕斯說：「我當然生氣！

一個預言家，一個能夠看見過去現在未來，我們所看不見東西的人，在這個節骨眼上，在我面前指控我殺了你的前夫、原來的國王萊烏斯，我怎麼可能不生氣？」柔卡絲塔就安慰他：「啊！如果是為了這個生氣，那太不值得了。我可以明白地說，預言沒有那麼了不起，我就知道一個預言不準確的例子。」

弒父娶母的預言

「萊烏斯年輕時，有一次到阿波羅神殿去，得到了一個非常恐怖的預言。」柔卡絲塔說：「我不敢說是阿波羅本身，但我至少可以說是阿波羅神殿的祭司，給了一個這麼可怕的預言：萊烏斯將來會死在親生兒子的手裡。現在，萊烏斯已經死了，他死在一群強盜手裡。這不就明明白白告訴我們，預言是不準確的嗎？我自己的親身經歷最清楚明白，萊烏斯並沒有死在他兒子的手中，光是這件事情就應該可以說服你。何必對一個瞎眼預言家講的任何事情，發那麼大脾氣？」

王后接著說，「看看萊烏斯，他就是相信了那可怕的預言，因此當年我生下了兒子，萊烏斯馬上在那嬰兒的腳踝上釘了一根釘子，命令僕人將他帶走，送到喀泰戎山（Cithaeron）上殺死。我的兒子已經死了，當然不可能再回來殺害萊烏斯。萊烏斯是在往德爾菲神廟的路上，在一個三叉路口被一群強盜殺死的。」

柔卡絲塔說這些話是為了要讓伊底帕斯安心，的確，伊底帕斯的臉色和緩了，心裡想著：是啊！何必要在意預言講什麼？然而聽到後來，卻有其他理由讓伊底帕斯又再度神色緊張。他問柔卡絲塔：「請再說一次，萊烏斯死於何處？」柔卡絲塔重複說了：「在那個三岔路口。」伊底帕斯接著問：「那是幾年前的事？確切的時間你記得嗎？」她說：「就是你來到底比斯城的幾天前，你幫我們趕走人面獅身獸的前幾天。」

接下來他又問：「萊烏斯長什麼樣子？」她說：「萊烏斯長得和你有幾分相似，但他的頭髮是銀白色的。」他急忙又問：「萊烏斯是自己一個人嗎？還是身邊有其他人？」她回答：「最前面有一個斥候，後面還有四個人跟在身旁。」伊底帕斯這樣問：「那些跟著萊烏斯的人，他們都死了嗎？」柔卡絲塔說：「只有一個人生還，只有一個僕人活著回來。他回來時，知道你已經成了這座城的王，他就要求我讓他離開，去到城外，到底比斯最偏遠的地方去牧羊。」

伊底帕斯腦袋裡一片混亂。他誠實地告訴柔卡絲塔：「我來到底比斯之前，就在妳剛剛說的那個三叉路口，碰到一個斥候，那個斥候傲慢地叫我讓路。他說後面有重要的人要來，一定要我讓到路邊去，我不肯，就跟他起了衝突，後來他口中的重要的人來了，在衝突中我把他們都殺了。」

柔卡絲塔之前從來沒聽過這件事，簡直不知該如何反應，只能反覆說：「不可能，不可能是你，應該不會是你。」伊底帕斯盡量保持冷靜，他問：「我記得妳說萊烏斯是被一群強盜殺了，對嗎？」柔卡絲塔趕緊回答：「對，那個生還回來的牧羊人是這樣說的，而且不只對我說，所有人都聽到他說是『一群強盜』。」伊底帕斯說：「這是我唯一的希望，可不可以去將這個牧羊人找來，如果他看到了是一群強盜殺了萊烏斯，那當然就不會是我。」柔卡絲塔說：「那當然，一定不會是你，你只有一個人，你不可能是一群強盜。」

於是他們吩咐了僕人，趕快去把那個生還的牧羊人找來，要弄清楚到底是一個人，還是一群強盜殺了萊烏斯。

二、來自科林斯的信使

等待牧羊人到來的過程中，宮廷的門口來了一位信使（messenger），他正在問路：「可不可以帶我去找底比斯王，誰知道底比斯王在哪裡？」宮廷外的人告訴他：「這就是底比斯的王宮，我們的王就在裡面。」信使說：「我需要見你們的王，有非常重要的訊息要傳達。」

柔卡絲塔剛好出來在宮門前，旁邊的人就對信使說：「我們的王在宮裡，不過我們的王后來了。」信使對王后說：「我有一個非常令人興奮，但同時又會引人悲傷的消息要告訴你們。」柔卡絲塔說：「什麼消息，就趕快告訴我吧。不過請先說你從哪裡來的？」信使回答：「我從科林斯來的。值得興奮的消息是，你的丈夫他現在不只是底比斯的王，同時也是科林斯的王了，因為他的父親、科林斯的王波利布斯（Polybus）剛剛去世了，他應該趕緊回到科林斯繼承王位。」

這就牽涉到伊底帕斯的來歷了。伊底帕斯原本是科林斯的王子，有一次在宴會當中，一個喝醉酒的客人說醉話，指著伊底帕斯說：「你不是這個城的王子，你根本不是王的兒子。」這件事引發了科林斯城內各式各樣的傳言，懷疑伊底帕斯的出身背景。伊底帕斯當然覺得很困擾、很痛苦，他就去神殿問阿波羅：「我到底是不是科林斯王波利布斯的兒子？」然而，阿波羅神諭沒有回答他問的問題，卻告訴他：「有一天，你會殺死自己的父親，而且會娶你的母親為妻。」

這是什麼樣恐怖的預言！伊底帕斯就是為了逃避這個預言，才離開科林斯，也才來到底比斯，落腳在底比斯的。他認為，只要他不在科林斯，就不可能殺死父親；只要他不在科林斯，就不可能娶母親為妻，所以他要遠離科林斯。這是他的來歷。

聽了信使的消息，柔卡絲塔興奮地叫喚伊底帕斯出來：「你聽聽看這個信使要告訴你的事。」信使說：「那我再說一次，你的父親、科林斯王波利布斯已經死了。」柔卡絲塔馬上接著問：「他怎麼死的，有人殺了他嗎？」信使回答：「到了一定年紀，死亡來得很容易，只要一點點不對勁，人就過去了，波利布斯是病死的。」

確認波利布斯是病死的，是的，他是病死的。柔卡絲塔鬆了一口氣，對伊底帕斯說：「難道我們還要再相信預言嗎？預言不是說你會殺死你的父親嗎？你的父親死了，但他顯然不是你殺的，難道你殺了他嗎？」伊底帕斯說：「除非他是因為過度想念我而死的，那可以間接算是我殺的，否則我不可能殺他。」

這時信使催促伊底帕斯：「快點動身吧！你要不要直接跟我回科林斯去繼承王位？」伊底帕斯猶豫了，想了一下說：「我不能回科林斯。」柔卡絲塔勸他：

「你應該回去。」信使覺得莫名其妙，伊底帕斯現在是科林斯的王了，如果他不回科林斯，難道要讓科林斯沒有王嗎？伊底帕斯猶豫的理由是：「母親還在啊！那個可怕的預言還有一半，這是我更不能想像的，我不能想像我娶母親為妻，所以我無法回科林斯城去。」

王子的眞實身分

聽伊底帕斯這樣說，信使笑了，他安慰伊底帕斯：「你確定是因為這件事情不能回科林斯？那太容易了，沒有人比我更有資格幫你解除這項疑慮。你相信我絕對沒有錯。你不用擔心你會娶你的母親為妻，因為科林斯的那個王后，根本就不是你的母親。」伊底帕斯很驚訝，他問這是什麼意思？信使解釋：「為什麼派我來告訴你這個消息呢？因為在科林斯，我認識你最久。是我親手將你抱去送給波利布斯的，你不是他們的兒子，是我把你送給他們的。」

伊底帕斯聽了更驚訝、更困惑了。他問：「你的意思是，我其實不是波利布斯所生的，但他把我視為兒子一樣疼愛。」信使說：「對啊！因為他們沒有小孩，就將我送給他們的這個小孩，視為再珍貴不過的寶物。」伊底帕斯又問信使說：「那我是你兒子嗎？」信使立刻否認，信使說：「我當時是個牧羊人，有人到我牧羊的地方將你交給我。他說你是一個可憐的小孩，父親母親不只不要你，而且希望你死掉，叫他將你殺了，他實在下不了手，所以把你交給我。反正我會將這個小孩帶到科林斯去，沒有人知道這小孩還活著，環繞著這個小孩身上所有其他的事情，應該都會在他離開了底比斯之後就失效了吧。」

信使對伊底帕斯繼續說，「我從他手裡把你抱過來，想起了我的主人，我的國王和王后他們夫妻沒有小孩，他們多麼希望能有一個小孩啊！雖然你的腳有問題，你的腳受過傷，你的腳踝無法正常彎曲，但他們還是很疼你。也因此你叫做伊底帕斯Oedipus。」希臘文伊底帕斯的原意，指的是腳是硬的，無法正常柔軟地彎曲走路。信使說：「他們是這樣疼你啊！但這無法改變事實，這兩個人不是你的親生父母，因此你不用擔心那個預言。」

伊底帕斯再問：「那意味著我出身微寒，來自於一個牧羊人家庭嗎？到底我生於什麼樣的家庭呢？你還認得把小孩送給你的那個人嗎？」信使說：「我當然認得，他就是萊烏斯的僕傭，你現在可以叫人去找他，一定找得到。」伊底帕斯又大吃一驚，回頭問旁人：「他說的這個人你們認識嗎？」在一旁的合唱團回答：「我們都不知道啊！」

這時，柔卡絲塔說話了：「不要再問了，你不需要知道這些。」伊底帕斯不解：「我當然要問，就算出身寒微，不配做一個王子，我還是得要知道我的身世，我要弄清楚我到底從哪裡來的。」柔卡絲塔說：「不會是你想像的那樣，請你不要再問了，請你不要知道。」伊底帕斯說：「就算這個悲劇再悲慘，一個人必須要了解他的來歷，必須要承認、必須要接受他自己的來歷。」

柔卡絲塔勸他，伊底帕斯卻不為所動。他說：「讓那個人來吧。」柔卡絲塔轉頭進去了。萊烏斯的那個僕人來了，科林斯的信使和他打招呼：「好久不見，你還認得我吧？」那個人看著信使說：「我不認得你，你是誰啊？」信使敘述了當年的種種事情，那個人堅持說不記得，一點都不記得。

信使聽了很不高興，說：「當時就是你把那個小孩交給我，他現在長大，就在你前面。」那個人還是說：「有這回事嗎？」換伊底帕斯問：「你看著我，請你告訴我，那個小孩從哪裡來的？」那個人說：「我不能說，我不要說。」伊底帕斯說：「我非得要知道我自己的身世不可。」那個人就告訴他說：「你不會想要知道的，請你不要知道。」伊底帕斯於是命令兩個人將那個人綁起來帶到後面去，強迫他講。

那個人不得已，說了：「那個小孩是萊烏斯的兒子。因為神諭告訴萊烏斯，他將來會死在他兒子的手裡，而且他的兒子會娶媽媽為妻。所以這個小孩一出生，萊烏斯和柔卡絲塔就在他的腳踝上面釘了一個釘子，將他交給我，要我殺死這個小孩。我下不了手，所以就將小孩送給了我認識的唯一一個科林斯人。」

聽到這裡，伊底帕斯當然懂了，他說：「我清楚了，在我眼前的所有事情我都明白了——你們也都明白了。」說完他走了進去。

伊底帕斯的結局

接下來，另外一位信使從王宮裡面出來，面色凝重，聲音再悲慘不過，告訴所有底比斯的人：「在我們王國發生最悲慘的事，我不想讓你們知道，但你們非知道不可。」於是底比斯人知道了這整件事的來龍去脈，他們知道：伊底帕斯不是科林斯的王子，他其實是萊烏斯的兒子，他一出生就被送走了，卻陰錯陽差地回到底比斯城。在回底比斯的路上，殺了他的父親，回到城裡之後，娶了他的母親，生下了兩個兒子、兩個女兒。所以那兩個兒子和那兩個女兒，是他的小孩，同時是他的弟妹，他的妻子同時是他的母親，這是最恐怖的事。

信使宣布：「還有更悲哀的事情，我不能不告訴你們。」他描述柔卡絲塔進入皇宮之後，就將自己鎖了起來。等伊底帕斯明瞭了事情始末，去找柔卡絲塔，用盡全力將門撞開，柔卡絲塔已經上吊身亡了。伊底帕斯把柔卡絲塔的屍體放下來，拿起柔卡絲塔的胸針，猛力地刺自己的眼睛，一刺、再刺……他的兩隻眼睛充滿了血跟淚，他憤怒地對自己的眼睛說：「平常的時候，為什麼你們什麼都沒有看出來？」

伊底帕斯必須依照自己之前立下的命令，依照他自己的誓約，將自己放逐出去。將自己從底比斯逐出前，他先毀了自己的雙眼，全身是血，站在宮廷外面哀嚎，他無法原諒他自己。克里昂跑來拉著他：「讓我們關起門來，到宮廷裡解決吧。」伊底帕斯說：「沒有辦法，這事情是無法解決的，我必須要離開。我知道你應該會善待我的兩個兒子，但是那兩個女兒，安蒂岡妮（Antigone）和伊絲敏（Ismene），她們從來沒有一頓飯沒跟爸爸一起吃，我只希望再摸她們一下，讓她們在我身邊一下。」

兩個女兒來到他身邊，他對她們說：「這些事情妳們無法理解，我只能先向妳們道歉。因為我，妳們將遭遇許多困難。將來沒有人敢娶妳們，誰敢娶一個身上充滿這種詛咒的人？爸爸對不起妳們。」克里昂一直要他回到宮裡，伊底帕斯不肯，他非走不可。但在最後關頭必須要離開了，他忍不住哀嚎地說：「不要把女兒從我的身邊帶走！」克里昂不得不無情回應他：「你已經不是王，你還能下命令嗎？」

這整齣戲結束在兩個女兒被帶走，剩下孤伶伶的伊底帕斯，他要開始他悲痛、恐怖的放逐生涯了。這齣戲如此緊湊，戲開場時，這個人什麼都有，戲結束時，他什麼都沒有了。而且不只什麼都沒有，他的身上背負著人類能夠想像的、最可怕的悲哀和痛苦。

---

1 查特・貝克　一九二九年十二月二十三日—一九八八年五月十三日。小喇叭手，是少數能夠和黑人傑出樂手並駕齊驅的白人爵士樂明星，曾是白人爵士樂迷的心靈寄託，而有偉大的白色希望之稱。

2 邁爾士・戴維斯　一九二六年五月二十六日—一九九一年九月二十八日。美國爵士樂歌手，是爵士樂界的傳奇人物，奠定五〇年代酷派（cool school）冷調風格，也是開創六〇年代末期融合（fusion）新樂風的先鋒。

3 互文　西方文學理論用語，意指文本會利用交互指涉的方式，將前人的文本加以模仿、降格、諷刺和改寫，利用文本交織且互為引用、互文書寫，提出新的文本、書寫策略與世界觀。可參考廖炳惠編著，《關鍵詞200》（麥田出版）。

4 瑞蒙・錢德勒　一八八八年七月二十三日—一九五九年三月二十六日。美國推理小說家，而有「犯罪小說的桂冠詩人」之譽。他創造的角色菲利浦・馬羅（Philip Marlowe）已經等於硬漢派（hard-boiled）私家偵探的同義詞。著有：《大眠》（*The Big Sleep*）、《漫長的告別》（*The Long Goodbye*）。

5 瑞蒙・卡佛　一九三八年五月二十五日—一九八八年八月二日。是「繼海明威之後美國最重要的短篇小說家」，被稱為「美國的契訶夫」。著有：《當我們談論愛情》（*What We Talk About When We Talk About Love*）、《大教堂》（*Cathedral*）等。

6 史考特・費滋傑羅　一八九六年九月二十四日—一九四〇年十二月二十一日。二十世紀美國最具代表性的作家之一，最著名的作品為《大亨小傳》（*The Great Gatsby*），在出版當時銷路不佳，直到作者去世後，才被肯定經典地位。

7 索弗克里斯　西元前四九六年—西元前四〇六年。古希臘劇作家，代表作品為《伊底帕斯王》、《安蒂岡妮》、《伊底帕斯在科羅納斯》。

第五章
強悍來自於對抗命運

《伊底帕斯王》中的這些人都試圖逃避命運，
他們都往風暴之外的方向走，以為這樣可以躲過風暴。
可是他們所做的每一項逃避命運的決定，反而都一步一步將他們拉回到前定的命運裡。
村上春樹在《海邊的卡夫卡》裡，寫出一個徹底的翻轉：
脫離命運操弄唯一的方式就是面對命運，勇敢地走進命運風暴中，
唯有如此才能擺脫命運的控制。

一、無法違抗的命運

費了那麼長的篇幅介紹《伊底帕斯王》，包括其中若干細節，因為這齣戲本身是如此精采的經典之外，更重要的，因為《伊底帕斯王》是《海邊的卡夫卡》整部小說成立的前提。不了解、不能感受索弗克里斯所寫的悲劇的強度，我們恐怕連《海邊的卡夫卡》開頭的第一段話都讀不下去。

《海邊的卡夫卡》一開頭講什麼？一開頭是烏鴉少年在對主角「十五歲的少年」說話。烏鴉少年講得最精彩的，是這段話：

有時候所謂命運這東西，就像不斷改變前進方向的區域沙風暴一樣。你想要避開它而改變腳步，結果，風暴也好像在配合你似的改變腳步。你再一次改變腳步。於是風暴也同樣地再度改變腳步。好幾次又好幾次，簡直就像黎明前和死神所跳的不祥舞步一樣，不斷地重複又重複。你要問為什麼嗎？因為那風暴並不是從某個遠方吹來的與你無關的什麼。換句話說，那就是你自己。那就是你心中的什麼。所以要說你能夠做的，只有放棄掙扎，往那風暴中筆直踏步進去，把眼睛和耳朵緊緊遮住讓沙子進不去，一步一步穿過去就是了。那裡面可能既沒有太陽、沒有月亮、沒有方向、有時甚至連正常的時間都沒有。那裡只有粉碎的骨頭般細細白白的沙子在高空中飛舞著而已。要想像這樣的沙風暴。

（《海邊的卡夫卡》，頁八—九）1

這其實就是村上春樹對《伊底帕斯王》這部經典的精到評論，同時又是在小說一開始，就毫不保留地揭示了整本小說的主題。《伊底帕斯王》談的是「命運」，毫無疑問。「命運」是無法違抗的，命運無所不在。萊烏斯和柔卡絲塔一開始就知道了命運的安排，早就得到了警告，因而他們想盡辦法逃避命運，當機立斷把這個將會弒父娶母的小孩丟棄、殺死。伊底帕斯長大後，也被告知了將會弒父娶母的命運，於是他匆忙地離開了科林斯，也是為了要逃避命運。我們很容易對這齣戲留下強烈的印象，那就是這齣戲傳遞了這個訊息：命運如此強大，命運鋪天蓋地而來，作為一個人，你非但無法抵抗，甚至也無法逃脫。

然而以《伊底帕斯王》故事為底本的《海邊的卡夫卡》，書一開始，卻是烏鴉反覆訓誡著，要主角田村卡夫卡做一個「全世界最強悍的十五歲少年」。什麼是「全世界最強悍的十五歲少年」，烏鴉講得清楚明白，就是明知命運，卻不逃避，明知風暴要來，卻不繞開，而是直直地走進風暴裡去。

村上春樹對《伊底帕斯王》有一個特殊的看法，或說他對這齣戲有一件根本上不同意、無法同意的事：戲中這些人都試圖逃避命運，他們都做了想像自己正在遠離風暴的決定，往風暴之外的方向走，以為這樣可以躲過風暴。可是他們沒想到，從萊烏斯、柔卡絲塔到伊底帕斯，他們所做的每一項逃避命運的決定，反而都一步一步將他們拉回到前定的命運裡。

從《伊底帕斯王》出發，村上春樹要在《海邊的卡夫卡》裡寫出一個徹底的翻轉：脫離命運控制唯一的方式，就是面對命運，勇敢地走進命運風暴中，不管那風暴多強多可怕，唯有如此才能擺脫命運的全面控制。《伊底帕斯王》戲裡的每一個人都只想逃避命運，沒有勇氣對抗命運，他們沒有那種「強悍」。

往命運的沙風暴中直直走進去，這叫做「強悍」。

村上春樹在《海邊的卡夫卡》中表達了，
脫離命運控制唯一的方式，就是面對命運，
勇敢地走進命運風暴中。

底比斯建城的神話

伊底帕斯與底比斯的故事，在古希臘其實有更早的原型存在。伊底帕斯的故事為什麼發生在底比斯？這牽涉到關於底比斯建城的傳說，而伊底帕斯的故事是這段傳說的變形。

希臘神話中有一個叫做阿哥斯（Argos）的地方，阿哥斯國王只生了一個名叫達妮（Danae）的獨生女，但達妮一出生就受了詛咒，說她將來生下來的兒子將會殺死外公，也就是殺死達妮的父親。知道這個詛咒的人，就勸阿哥斯國王，趕緊將女兒殺了，女兒死了自然就不會生小孩，也就自然破解了那道詛咒。

可是阿哥斯國王捨不得殺他的女兒。他想了另一個辦法，在地下挖一個深坑，地面上只留一點讓陽光和空氣可以進去的洞，將達妮放在地底下，不讓她跟任何人接觸。然而達妮長大後，天神宙斯（Zeus）就化成金色的雨，從小洞中鑽進地底，使得達妮懷孕了。達妮還是生了兒子，名叫柏修斯（Persues）。

知道了這件事，阿哥斯國王很傷心，他還是狠不下心殺害達妮和柏修斯母子，於是他造了一個木箱子，讓達妮和剛出生的嬰孩坐上去，派人將他們拖到海上漂流。阿哥斯國王說：「我不能親手殺妳，但只要妳回不來，我就知道妳一定死了。」

然而事情當然不會照他想像的發生。在海上，達妮和柏修斯被一個叫迪克提士（Dictys）的漁夫救起來了。迪克提士所在的王國有一個暴君，看上了達妮，一定要娶達妮為妻。他喜歡達妮，卻很討厭達妮的拖油瓶兒子，就對柏修斯說：「我要娶妳媽媽為妻，讓她和你都能過好日子。但首先我們要能說服這個王國的人都喜歡你媽媽，都佩服你媽媽。我希望在我們的婚禮上可以有一件特別的禮物，讓國人高興。我們附近的海上有一座奇怪的小島，島上住了三個會作怪的女妖，我希望你能將三個女妖的頭取回來，當作是我和你媽媽婚禮的禮物。」

柏修斯很爽快地回答：「這有什麼難的呢？」希臘神話裡，有太多這種衝動善闖禍的年輕人了！小島上的三個女妖有一項神奇、可怕的本事，可以將任何看到她們的人化成石頭。顯然，這個暴君打的算盤是要柏修斯一到島上，就變成了石頭再也回不來。然而他的設想落空了，他不曉得柏修斯其實是宙斯的兒子，他會得到其他天神的協助、保護。

結果柏修斯真的將三個女妖收拾了，把她們的頭帶回來。本來要將女妖頭當作婚禮禮物的，卻發現根本沒有婚禮了。原來達妮無論如何不願嫁給暴君，就和原本救他們的漁夫一起逃走了。柏修斯提著三個女妖的頭，進了暴君的宮殿，那女妖的魔力還在，於是宮殿裡的人，包括那暴君，一瞬間就都化成了石頭。

柏修斯將母親和漁夫找回來，讓漁夫迪克提士當了國王，達妮成了王后。達妮很想念她的父親，於是就帶著柏修斯回去阿哥斯。到了阿哥斯才發現父親已經不在那裡了，有人搶走了王位，將她的父王趕走了，不知去向。就在這時，他們聽說旁邊另一個島上正在舉辦運動會，年輕、衝動的柏修斯當然想去參加：「我要去，沒有人比我更有力氣了。」一去到會場，運動會正在進行，比賽項目是擲鐵餅，但是柏修斯他搞錯了，以為是要比標槍，立刻拿了標槍，「咻！」地就丟出去了。然而射出標槍的那一剎那，他眼睛瞥見別人手裡都拿著鐵餅，一分神，標槍就射歪了。射歪了的標槍，射中了旁邊的觀眾，站在那裡被射中、不支倒地的，恰巧就是他的外公。

柏修斯是個大力士，他們的家族出了很多大力士，他的曾孫是所有大力士中力氣最大，足可以抬起地球來的赫丘力斯（Heracles），而底比斯城就是赫丘力斯所建造的。赫丘力斯也有他的故事，他的悲劇是他殺了太太和三個兒子。

希臘神話與神論

讓我們對照一下希臘神話和希臘悲劇。

為什麼有希臘神話？或者該問，為什麼希臘會有如此豐富的神話故事？主要源於希臘人習慣用神話來解釋這個世界上的現象，尤其是他們無法清楚歸納、解釋的現象。為什麼會有季節變化？為什麼會有太陽的起落？為什麼有雲？為什麼有海浪？為什麼船隻在海上航行會翻覆？……。

人面對這個世界，有一種最難解釋、卻又最難忍受的東西，那是「偶然」。「偶然」是最不容易理解的，因為偶然意味這沒有特別的原因，事情就這樣發生了。例如，上完課你走出誠品書店就莫名其妙地跌了一跤，現在的我們可以接受莫名其妙跌跤是意外、是偶然。可是對從前的人來講，需要思考與理解上的強大力度才有辦法接受無解釋、不需解釋的偶然。

希臘神話的好處是，將世界上所有事情解釋為天神意志介入的產物。希臘神話的前提是，在我們可見可感的這個世界之外，有另外一個世界，那是在奧林匹亞山上由天神們所構成的世界。神和人有何不同？神的能力大多了，可以創造、製造出各種人無法操控的現象。任何不是由人製造的，都可以解釋為出於神的操控。

既然神有這麼大的本事，那神也必然可以操弄人。神操弄人，最簡單最清楚的方法就是「命運」。作為一種對世界現象的解釋，命運也很方便、很好用。有人一輩子做好事，卻活得痛苦；有人一輩子壞到了極點，卻平平安安壽終正寢，這種明顯的不公平，對每一個文明都是考驗，要如何解釋？有所解釋，社會才有辦法在這個解釋的基礎上組織起來，也才能夠運作下去。

希臘人的解釋是：這來自於天神們的操弄。早期先民們引用神的世界、神的意志來解釋人間不合理的現象，因而他們所想像出的神的世界，必定是不合理的。希伯來人想像的上帝，隨時可能發怒，非常任性、激動，簡直無從理解無從猜測，事實上，上帝也就根本拒絕、禁止人對他的猜測與理解。希臘的神也同樣任性。不同的是，希臘不只有一個神，奧林匹亞山上有很多神，他們彼此之間會吵架，吵一吵往往就用整人的方式出氣。

但很奇怪的是，祂們吵架關人什麼事？為什麼是人要倒楣呢？然而這樣的神話世界觀可以解釋：為什麼很多與我們無關的事，卻會落到我們頭上來。所以希臘神話講的不只是神的世界，更重要是講神與人的互動。神人互動中，「神諭」

扮演了關鍵角色，面對未知但卻龐大的神的意志，人必然有一種焦慮，很想知道神到底在想什麼？在幹嘛？所以人類發明了神的世界，這是一個超越人間世界、而且控制人間世界的另外一個存在，除此之外，希臘人另外發明了一個很重要的東西，就是我們前面一再提到的「神諭」。

「神諭」幫助人了解神的想法，但神諭既然是由神告訴人的，它就必然帶著極其曖昧、古怪的性質。如果人知道了神諭，可以改變神所預示、訂定的結果，藉著知道神諭趨吉避凶，那神諭豈不就失靈了？然而，若是人知道了神諭，卻終究無法改變神諭所彰示的結果，那知道神諭豈不就毫無意義，為何還要求問神諭呢？知道神諭有什麼好處？知道神諭只是增添自己痛苦而已，不是嗎？

希臘人的神話原型裡，就清楚地表明了命運不可違逆。然而到了索弗克里斯寫伊底帕斯的故事時，關於命運的思考更深邃、更複雜，同時也更豐富了。在這裡探觸到了人的自由意志、自由行為，與神諭不可改變這件事之間所產生的衝突，這正是希臘悲劇最核心的關懷。拿掉了命運這回事，希臘悲劇就不成立了。

人與命運的衝突

希臘悲劇是什麼？一般常識概念裡的悲劇（tragedy）是一回事，古希臘人意念中的悲劇是另外一回事。譬如說，你們家的狗死了，that is a tragedy，那是一般會讓你感到悲傷、悲哀的事，但那不是希臘悲劇。希臘悲劇一定牽涉到人與神之間的角力，一定牽涉到命運。希臘悲劇展現出來的是人如何和命運掙扎。

人和命運掙扎有很多種不同的形式。《伊底帕斯王》是其中的一種形式，是人無論如何掙扎都克服不了命運的悲劇、巨大的悲劇。戲裡每個人都想盡一切辦法，努力掙扎，最後都還是被命運收服了。伊底帕斯終究按照命運的安排，殺了他的父親，娶了他的母親，做了他自己絕對不願意做的事情。

然而，不要忘了，希臘悲劇還有另外一種精神，用另一種形式顯示人與命運的衝突。那就是，雖然命運必然將你帶到它的腳下逼你屈服，人之所以為人最大的特色卻在於：就算提早知道結局，人還是會掙扎；就算明知掙扎不會有效，仍然無法不去掙扎。

《伊底帕斯王》是索弗克里斯寫的「底比斯城三部曲」的第一部。接下來另外有一部《安蒂岡妮》。安蒂岡妮是伊底帕斯的女兒，伊底帕斯自我放逐前最捨不得的就是他的兩個女兒，大女兒叫安蒂岡妮，小女兒叫伊絲敏。

《安蒂岡妮》是伊底帕斯悲劇的延續。伊底帕斯和柔卡絲塔生了兩個兒子、兩個女兒。兩個兒子後來卻在複雜的情況下兄弟相殘，雙雙身亡。繼承伊底帕斯成為底比斯王的克里昂對這件事作了評斷：兄弟中有一個應該獲得正常的葬禮，但另外一個，犯下錯誤導致悲劇發生的，則必須曝屍荒野，以示公懲，誰敢去為他收屍，等同死罪。

《安蒂岡妮》的戲一開頭，天還沒亮時，安蒂岡妮去找妹妹伊斯敏，特別將她帶到王宮門外庭園裡，避開別人。安蒂岡妮問：「妳願意和我一起去嗎？」伊絲敏說：「去哪裡？」「去收屍。」

即使必然要死，即使違背克里昂的命令，安蒂岡妮都要去收屍。整齣戲環繞著安蒂岡妮的意志，她明明知道有明確的規定不該違背，也有明確的現實條件，她根本無力改變，但她就是不能不去違背規定，不去挑戰現實。

安蒂岡妮成了希臘悲劇精神的重要象徵，她的作為、她的決定彰顯了希臘人認定什麼是人的標準，並指示了為什麼希臘人覺得悲劇具有昇華、淨化的效果。這是一場很重要的戲，因為那是希臘悲劇的另一種精神。人不是神，不具備神的操控能力，然而有時候，人卻可以比神更有尊嚴。神永遠沒有辦法取得這份人的尊嚴，即使是宙斯，即使是雅典的守護神，雅典人最喜歡的雅典娜，都沒有辦法達到這種悲劇的境界。正因為神太自由了，祂要怎麼樣就可以怎麼樣。

人的尊嚴來自於人的不自由，人的尊貴來自於即使明知不自由，卻還是掙扎著去開拓自己的自由，去試探自己的自由，就算因此得到悲慘的下場，也在所不惜，這叫做人。一開頭就接受了：我應該接受擺弄，可以不自由、不求自由地走下去，和努力掙扎不斷對抗，就算兩者的終點完全一樣，其意義就是天差地別。人在明知不自由卻不放棄求取自由中，取得了尊嚴與尊貴。這就是像《安蒂岡妮》這樣的希臘悲劇提出的人的定義。

明知有悲慘結局，還是堅持對抗，終於走入悲慘結局，這種「人的態度」最核心的觀念，就是村上春樹在《海邊的卡夫卡》中要處理的，也就是「責任」。一個抗拒命運的人，即使他最後失敗，但是他為自己做了決定，並為自己的決定負責，而不是不負責任地將自己交給命運控制。

換句話說，結局的那個悲慘下場，因而有了不同的意義，那是和神、和命運對抗付出的代價，換來的結果。不是神任性主觀規定的，而是他的對抗和反抗帶來的懲罰。那意味著，這個人所得到的和他的行為中間有著相應的責任關係。而隨波逐流走到最後，卻還是完蛋的人，最大的問題就是，他人生沒有任何承擔、沒有任何責任。

二、對抗命運的可能性

村上春樹在《海邊的卡夫卡》一開頭，就寫了一段對於《伊底帕斯王》的評論，後面到了下冊，他又寫出了一段評論。村上春樹能作為一個優秀的寫作者，因為他先是一個敏感、善於思索的閱讀者。他讀到我們一般在閱讀《伊底帕斯王》時，不一定會讀到的重點。

伊底帕斯還是殺了他的父親，娶了他的母親，但這些行為都沒有意義，對他自己個人沒有意義，那只是命運的操弄，命運以他作為工具實現出來。伊底帕斯最大的悲哀，正在於他是無辜的，他殺了萊烏斯，娶了柔卡絲塔，但他是不知情的、他是無辜的。這是我們一般讀到的訊息。然而村上春樹不停留在這樣的訊息上，他不放過，他要繼續追究、思考：弒父娶母的行為，真的和伊底帕斯自己沒有關係，他真的是無辜的嗎？他用小說，尤其是小說中的母子關係情節，頑固地思考這個問題。

十五歲的少年田中卡夫卡必須要離家，因為他心中帶著一份解不開的疑惑與痛苦。離家時，他帶了一張照片，照片裡是他四歲時和母親、姊姊的合影，這是他的母親離開他前拍攝的照片。他的疑惑與痛苦是：為什麼母親要遺棄他？姊姊不是母親親生的，可是她卻帶著姊姊離開，將他拋下了。就算媽媽真的那麼受不了這段婚姻、這個家庭，為什麼不帶他走？為什麼卻帶了姊姊走？這個十五歲少年經歷的一切，主要來自於這份深刻的疑惑與傷痛。他確確實實，完全無法自欺地被母親捨下了，有什麼如此重要的理由使得媽媽非得拋棄他不可？他要探問，他非知道這個答案不可。

聚焦在田村卡夫卡的疑惑、傷痛上，村上春樹刺激我們，提醒我們想想伊底帕斯故事的另一個面向。這兩個人，一個是萊烏斯，一個是柔卡絲塔，面對命運威脅時，他們表現得如此理所當然，把一個剛出生的小孩腳踝打上釘子，就送他去死。他們甚至沒有像神話原型中阿哥斯國王表現出的捨不得，沒有嘗試要讓這小孩活著。這樣對嗎？他們憑什麼可以如此理所當然拋棄自己的親生兒子？伊底帕斯後來知道了他自己是這樣被拋棄，他做何感想？戲中他沒有來得及表達。

村上春樹不放過這一點。他的小說似乎就是從戲劇結束後，所延續出去的一條線上開始的。刺瞎自己雙眼，將自己放逐出城，孤單地走在黑暗中的伊底帕斯在想什麼？他難道不會想：為什麼你們那麼容易就放棄我？為什麼你們那麼容易就決定讓我去死？換成從這個角度看，伊底帕斯弒父娶母的行為，就有了不同的意義。萊烏斯和柔卡絲塔是純粹無辜的嗎？他們只是逃不過命運擺弄的可憐蟲嗎？他們選擇逃避，可是逃不過命運，難道他們不需承擔逃避命運的責任嗎？

命運來自於神諭，然而想要逃避命運而將親生兒子拋棄的決定，卻是萊烏斯和柔卡絲塔自己的決定。在戲裡面沒有講到這一點，村上春樹卻在《海邊的卡夫卡》小說中，費了很多篇幅，花很大力氣討論這件事。從這個角度讀《海邊的卡夫卡》，讓我常常覺得很不忍。到底是什麼樣的人，經歷過什麼樣的人生，會從伊底帕斯的故事中挖出這樣的關懷，會想出田中卡夫卡這樣的懷疑與傷痛，這純粹是出於小說家優異的想像能力嗎？

村上春樹從來不提他的父親，他結了婚卻不養小孩，這裡有他拒絕和讀者溝通、分享的生命祕密。我只能說，我也不想知道那個祕密究竟是什麼，因為光是小說裡寫出來的懷疑與傷痛就已經夠可怕、夠讓人難過了。

孔子的熱情與叛逆

除了希臘悲劇表現對命運的反抗精神之外，我們不妨看看東方世界，距今兩千多年前的孔子如何看待命運，如何看待人的角色。

長期以來，我對孔子抱持著強烈的義憤感受。他是個真正了不起的人，然而卻受到很不公平的誤解，而且往往愈是推崇他的人，愈是不了解他。在他所處的春秋時代環境中，孔子其實非常叛逆。今天被當作陳腔濫調的「朝聞道，夕死可矣」，仔細想想，那是多麼熱情、激昂的宣告。回到孔子的原始情境裡，他要表達的是什麼？那是如此簡單、如此直截了當，人世間還有一種東西，只要得到了，當下死去都了無遺憾。

這就是西方浪漫主義走到最高峰，詩人拜倫的基本精神：在人的熱情追求中，有一些目標是超越於生命之上的，正是這種目標才刺激我們的熱情，才值得我們去追求。孔子經常、持續地談這種超越生命的目標。

孔子生命價值的另一個重點是「知其不可而為之」。他不是個不了解現實的人，他對於現實的觀察既認真又敏銳，對他所要追求的目標在那個時代實現，他並沒有不切實際的幻想。他更從來沒有幻想，靠自己一個人的力量，就可以成功扭轉時代。後世那些將他刻畫成「素王」[2]的說法，完全偏離他的自我認知。他特別強調「知其不可而為之」，就是明明知道不會有結果，但還要做，這必定是非常熱情的人才講得出的話。

孔子的大弟子子路也是個熱情、衝動的人。子路只比孔子小九歲，兩人關係其實介於師友之間。在《論語》，還有後來的《孔子家語》[3]中，留有很多對於子路個性的紀錄。子路從來沒有對老師講過任何一句阿諛諂媚的話，他最常講的，是對於老師的質疑、不以為然，甚至嘲笑。

一直到生命的最後，子路都保持了這樣的衝動和真性情。衛國大亂，衛國國君父子互相爭奪王位。在動亂中，就連孔子一個很忠厚老實的弟子子羔，都要從衛國逃出來，他離開衛國時，卻遇見了正要闖進衛國去的子路。子羔勸子路不要進去了，但子路不聽，因為他當時是衛國大夫的家臣，衛國有難他非去不可，那是他的原則。[4]

孔子後來知道了這件事，驚惶地說：「柴也其來，由也死矣」，柴指的是高柴，也就是子羔，由則是仲由，也就是子路。子羔回來了，但子路完了！果然，子路在這次衛國動亂中被殺了，他在死前最後做的一件事，是將打鬥中斷掉的帽帶重新結好，他說：「君子死，冠不免。」坦然面對死亡，這是多了不起的事！而且將禮儀看得比生死更重要。還有，子路藉著這樣的動作，直到死前都在表現對於殺他的人的睥睨，諷刺他們不懂禮，以至於父子兵戎相見、爭奪王位。那一年，子路六十三歲，其實已經是個應該待在家裡安養天年的老人了，但他還是那麼衝動，那麼充滿熱情。

孔子及其弟子有股強烈的精神，信守一些基本原則，不去在意信守原則可能帶來的結果。信守原則本身是目的，不是手段，不是為了求取什麼結果才信守原則。

現代的新儒家[5]將這種精神稱為「道德自主性」。我們無法確定道德的結果，然而道德的動機，信守道德的原則，卻是別人干預不了的，是人完全可以自己做主的。「信守原則，不計後果」、「知其不可而為之」，這是從春秋時期原始儒家一直到今天還留著的重要精神。這種精神的內在，尤其透過子路之死來看，顯現出一份悲壯，然而這份悲壯，和希臘的悲劇不一樣。

為什麼有悲壯，沒有悲劇？因為孔子從一開頭就排除了考慮結果，不要讓結果干擾對於是否信守原則、如何信守原則的決定。意思就是：知道結果，我會這樣做；不知道結果，我還是會這樣做。知道最後我的心願會達成，我會這樣做；知道結果無論如何達不到我要的，我還是這樣做。孔子很不願意談「命」，這剛好和希臘悲劇中「命運」、「宿命」扮演如此重要的角色，形成強烈對比。子路衝進衛國時，心底沒有去想結局會怎樣，自己是否會因此喪命，他只在意這是原則上該做的事，那裡面充滿悲壯，卻不是希臘式的悲劇。

勇敢招惹來最大的痛苦

對應中國古典的悲壯，我們可以進一步確認，村上春樹是用希臘悲劇的方式，引用伊底帕斯故事來作為《海邊卡夫卡》的潛在背景的。借大島先生之口，村上春樹寫了這樣一段話。大島先生直望著田村卡夫卡的眼睛，說：

你注意聽噢，田村卡夫卡老弟。你現在所感覺的事情，很多都變成希臘悲劇的主題。並不是人選擇命運，而是命運選擇人。這是希臘悲劇根本的世界觀。而這悲劇性——這是亞里斯多德定義的——與其說由啼笑皆非的事情或當事人的缺點所造成，不如說是依據優點為槓桿所帶來的，我說的你懂嗎？人不是因為缺點，而是因為美德而被拖進更大的悲劇裡去的。沙孚克里斯[6]的《伊底帕斯王》就是顯著的例子。伊底帕斯王的情況，不是因為怠惰和愚鈍，而是因為勇敢和正直為他帶來悲劇。其中不可避免地產生了irony，命運的嘲弄。

（《海邊的卡夫卡》第二十一章，頁二七九）

這是希臘人的世界觀中，真正最特別的一點，從他們獨特的神人二元結構，神可以任意干預人事的想像來看，這和孔子不在乎結果的態度很不一樣。希臘人相信，或至少是希臘悲劇中不斷呈現：人的主觀往往會帶來相反的客觀結果。想要做好事的努力，經常是惡事真正的根源，人的主觀擺脫不了命運，只是命運的工具。人努力了半天，最後只是證明了命運無可抗拒。

希臘的悲劇更慘烈些。他們的「知其不可而為之」是知道命運那麼嚴密，還是要反抗。《伊底帕斯王》最深刻的悲劇性在哪裡？在於戲開始之前，神諭對於伊底帕斯的預言已經實現了。他已經在十年前那個三叉路口殺了他爸爸萊烏斯，同樣在十年前娶了他的媽媽柔卡絲塔。換句話說，這齣戲的重點不在於伊底帕斯被命運所拘執，命運已經發生、實現了。光是從命運的角度來看的話，太陽神早就證明祂是對的，神諭早就操弄了這些人，讓他們努力要逃避命運，想要避免悲劇的發生，結果反而恰好掉進悲劇裡。

如果不是講命運的操控，那《伊底帕斯王》到底在講什麼？它要講更殘酷的東西，伊底帕斯已經陷入命運安排裡了，戲中發生的，是命運要在他眼前揭曉。那是天啟（revelation），一件祕密的事情被打開來，揭示出來。最深刻的悲劇不在伊底帕斯弒父娶母，而在於因為他的勇敢跟正直，他認為有責任要將瘟疫從底比斯城趕走，結果給自己招惹來最大的痛苦。

他知道了自己弒父娶母這件事，雖然命運操弄的這件可怕的事，在十年前就已經發生了。但是最沉痛的悲哀畢竟是來自於知道自己竟然做了這樣的事，知道自己及相關的人，花了這麼大的力氣還是逃不過命運。這是希臘人對於命運與人的關係的一種奇特的理解。

那些我們無能爲力的事

對希臘人而言，最恐怖的詛咒是讓你知道自己在命運中，卻徹徹底底逃脫不了。命運不只要操控，還要向你揭曉：命運是這麼一回事。希臘神話中有幾項很有名的懲罰，例如薛西佛斯（Sisyphus）的懲罰：他被處罰不斷把巨石推到山頂上，但是巨石到了山頂卻一定會掉下來，他只好再重來一次，從山腳再把巨石推上去。和薛西佛斯類似的，還有普羅米修斯（Prometheus）受到的懲罰。普羅米修斯因為盜火，把火偷給了人類，所以被宙斯懲罰。老鷹會不斷的啄他的肝，把他的肝吃掉，可是他的肝立刻又會復原長好。因而那被啄食的痛不斷循環反覆，不會結束。

還有特洛伊國王的女兒卡珊卓（Cassandra），卡珊卓受到的懲罰是什麼？阿波羅喜歡卡珊卓，送她一份大禮物，給她只有神才能擁有的能力——準確地預知未來。但她沒有接受阿波羅求愛，阿波羅一怒之下，再送她另一份禮物，當然是一份恐怖的禮物——卡珊卓還是會準確預知未來，她講出來的每一個預言都是對的，但沒有人願意聽她的，沒有人會相信她。

最可怕的不是神祕、未知，而是被告知了我們完全無能為力的事，讓你知道事情就是如此，但你完全沒有辦法逃脫。就像卡珊卓她講的每一個預言都沒有人相信，可是她卻完全無計可施，只能眼看著她預言的可怕事情發生。而類似這些故事其實都展現出同一種最悲慘的命運。所謂最悲慘的命運意思是說，神祕的東西不可怕，可怕的是什麼？可怕的是對我們揭曉而我們卻無能為力。這就是《海邊的卡夫卡》中出現的「伊底帕斯情境」。

不過，《海邊的卡夫卡》裡不只用到了《伊底帕斯王》，村上春樹還有其他東西，他還有卡夫卡。

---

1 本書引用《海邊的卡夫卡》的譯文，是根據時報於二〇〇三年出版的版本。

2 素王　指有王者之德，而無王者之位者。西漢《淮南子》中指孔子「專行教道，以成素王」，獨尊儒術的董仲舒亦稱「孔子作《春秋》，先正王而繫萬事，見素王之文焉」。

3 《孔子家語》　是記述孔子及其弟子生平、言行的著作，由三國時代魏國王肅整理而成，現存十卷。許多學者指出此書為偽作，但亦有學者認為此書在儒家思想研究中仍有重大價值。

4 可參見楊照〈重新認識孔子〉，《論語：白話中文英文雙譯本》（聯經）別冊。

5 新儒家　可追溯至熊十力，熊十力與其三大弟子牟宗三、唐君毅、徐復觀，以及張君勱、梁漱溟、馮友蘭、方東美被稱為「新儒學八大家」。

6 沙孚克里斯　即本書所稱索弗克里斯，時報版《海邊的卡夫卡》譯為沙孚克里斯。

第六章
生命痛苦的意義

人的一生，不就都是努力想要知道，命運在我們背上究竟刻寫了什麼嗎？
唯有經過長期的痛苦，才能慢慢理解究竟什麼東西被寫在我們生命裡。
或者用命運的語言來說：人的一生當中，最重要的遭遇與經歷，
就是不斷承受各式各樣的痛苦，掙扎著想要了解我們的命運。
等到一切都來不及改變的時候，就知道命運是怎麼一回事了。

一、卡夫卡的〈在流放地〉

卡夫卡在《海邊的卡夫卡》的哪裡出現？為什麼要在這裡提到卡夫卡？這又是一個不能不碰觸的巨大問題。小說中最早出現卡夫卡的地方，也就是讀者第一次知道主角、敘述者叫做田村卡夫卡的時候。在中譯本上冊第八十一頁，他碰到那件神祕奇怪的事情，不得已只好去向大島先生求救。他告訴大島先生他的名字，田村卡夫卡。大島先生說：「好奇怪的名字，不過這就是你的名字……。你可能讀過幾本法蘭茲・卡夫卡（Franz Kafka）的作品對不對？」

田村卡夫卡點點頭，表示：他讀過《城堡》、《審判》和《變形記》，然後又補了一句：「還有那出現奇怪行刑機器的故事。」大島先生知道，他說那篇小說是〈在流放地〉（德文*In der strafkolonie*，英文*In the Penal Colony*，中文有〈在流放地〉、〈流放地〉或〈在流放營〉、〈流刑地〉等譯法）[1]。

大島先生說：「那是我喜歡的故事，世界上雖然有許多作家，但是除了卡夫卡之外，誰也無法寫出那樣的故事。」田村卡夫卡同意，他說：「短篇裡面我也最喜歡這篇。」小說裡提示了：在田村卡夫卡跟大島先生的眼中，最足以代表卡夫卡的重要作品是〈在流放地〉。村上春樹真會選，也真狠心，選了一個即使對熱愛卡夫卡作品、研究卡夫卡的人來說，都不得不承認很難懂很難懂的一篇小說。

〈在流放地〉講的是一位旅行者去到流放地。在小說中的主角從頭到尾就叫「旅行者」，沒有其他名字，他最重要的就只有一個身分——從外地來的人。「旅行者」是一位法律考察專家，考察各地的法律風俗，顯然因此而來到了這個「流放地」。有人犯了重罪，被判處流放之刑，被從家鄉流放到偏遠的地方、流放到文明世界的邊緣，而流放這些人的地方，就是「流放地」。世界史上最有名「流放地」，就是澳洲，英國過去將許多重刑犯、那些應該與正常社會隔絕的犯人，流放到他們能夠想像的最遠之處，即在南半球的澳洲，眼不見為淨。

「流放地」的一項特徵，就是在世界的邊緣，至少是在文明的邊緣。這位旅行者到了流放地，他到達流放地的時候，這塊流放地剛剛經歷過了一場重大變化。老的司令官死了，換上一名新的司令官。新的司令官知道旅行者來訪，就邀請他參觀一次行刑，有一名犯人正要被處刑。

奇怪的行刑機器

到了行刑的地方，旅行者發現那裡擺著一座奇怪的行刑機器。有一名軍官負責管理這部機器，另外有一名士兵在一旁服務，當然還有一名即將要被處刑的犯人。故事就發生在這幾個人之間。

掌管機器的軍官非常熱情，興奮地要展示給旅行者看，看看這部機器是何等神奇、何等完美。軍官還特別介紹：機器是老司令官發明的，老司令官費了很大的力氣設計、發明這部完美的行刑機器。接著他很驚訝地發現，新的司令官竟然沒有先向旅行者介紹這部機器，軍官忍不住抱怨起新司令官對這部機器太沒有感情了！

透過軍官的說明，讀者不妨想像一下這是一部什麼樣的機器。行刑機器分為兩層，下層是一張像床一樣的平板，犯人要被剝光了衣服，面朝下趴在那裡。和床平行的上層，則是一部奇特「繪圖機」，繪圖機下面突出了許多釘耙，就是用釘耙來「畫圖」。機器如何行刑？軍官的說法很簡單：你犯了什麼樣的錯，機器就會把你的罪名透過繪圖機所操縱的耙子刻寫在你身上。

顯然是基於法律專家的立場，外來旅行者好奇地問軍官：「這個要被處刑的犯人犯了什麼錯，是用什麼方法審判的？可以讓我知道嗎？」軍官很大方地回答：「當然，他就是由我審判的。這個犯人是個僕人，他的職責是每天要守夜。有一晚，他守夜時睡著了，被長官發現，長官就打他，他卻沒有乖乖地接受長官的責打，還拉住長官，甚至對長官語出威脅。他的長官告到我這邊來，我就判了他的罪名。他的罪名是什麼？是『要尊重你的長官』，這就是他的罪名。」

旅行者聽了覺得很不對勁：「可是你不必問一下犯人的說法嗎？你不必聽取一下別人的證詞嗎？只要聽長官的話你就可以作出判決了？」軍官理直氣壯地說：「如果去問這個犯人，他一定會否認，之後我還要花很大力氣去揭穿他的謊言，但不需要這樣做。」

旅行者心中生出了不愉快的感覺。他覺得這真是個落後野蠻的地方，或許因為在這裡都是被流放的犯人吧，法律程序如此草率。不過他並沒有將自己的想法說出來。軍官很興奮地提起以前老司令還在時，每次要行刑，附近所有的人都會來看。老司令官親自主持行刑，而且過程中，每一個人都看得津津有味。

軍官從機器上取了「繪圖」的圖版來，給旅行者看，問他：「你看得懂嗎？上面除了有字以外，還有很複雜的花紋。」旅行者看不懂，看不出來圖版上有什麼。軍官說：「沒關係，你等一下就會看到了。」圖版放回了機器，就要開始行刑了。不過就在這時，被綁到機器上的犯人突然嘔吐了，把機器吐得一塌糊塗。軍官氣得不得了，氣得大罵他的司令官：「我早就說過了，犯人在行刑之前不能吃東西。他不只要給他吃東西，還要同情他給他吃糖，所以就有這個結果！」

因為機器被嘔吐物弄髒了，無法馬上行刑，軍官只好用講的，描述給旅行者聽。行刑的過程一共要花十二個小時，前面六個小時犯人會很痛。釘耙持續刺在犯人的皮膚上，犯人背上流出血來，旁邊幫忙的人就要沖水，將血沖掉，讓犯人皮膚維持乾淨，然後繼續刻。在這極度痛苦的六小時，很奇特的是，犯人還會有食慾。所以準備了一個裝有稀飯的熱鍋在那裡讓犯人趴著吃。

確知罪名的幸福

六個小時之後就不一樣了。六個小時之後，犯人不痛了，轉而進入一種快樂幸福的狀態。為什麼他會感到快樂幸福呢？因為此時犯人理解了這整件事。犯人明白了，他所承受的痛苦，原來就是來自機器在他身上刻寫的罪名。於是犯人的心情進入新的階段，他開始努力想要解讀出背上正在刻寫的罪名。這樣又花了六個小時，終於犯人確知刻在背上的罪名了，那時行刑也就結束了。犯人既然死了，這個偉大、完美的機器會在十二小時行刑結束後，自動將犯人舉起來，丟進大籃子裡。

軍官熱心地說得口沫橫飛，旅行者心底大大不以為然：「我的老天！這是個什麼樣的野蠻刑罰！犯人沒有公平的審判，不管什麼樣的罪都受到同樣的刑罰，最後全部都死掉！」他暗暗下了決心，一定要去勸告司令官廢除這樣的作法。軍官好像看穿了他的念頭，對他說：「我知道為什麼我們的司令官要找你來。他想利用你的權威。我可以想見，他要把所有的人都召集起來，然後找你去，對所有人說：『我們請來了一位對世界各地法律與刑罰都很了解的專家，他參觀了我們這邊的法律跟刑罰，我們來聽聽他的意見吧！』然後你一定會說：『你們這裡的犯人沒有得到公正的審判，沒有得到正確的刑罰。』司令官就可以趁機宣布廢除這一套行刑作法。」

軍官很激動地拉著旅行者說：「可是你不了解，在老司令官仔細設計下，這部行刑機器是一樣多麼精巧多麼棒的東西。以前行刑的時候，所有的人都要來看，看那個犯人到了最後臉上所呈現出來的幸福光芒。等你真正看了行刑的結果，你應該會支持我。」他還想出了一條巧計，「這樣吧，最好的方法是我們來演一齣戲，讓司令官誤以為你就如同他所想像的，很討厭這個行刑機器。到了那個關鍵時刻，當司令官問你覺得怎麼樣，你就很誠實地告訴他說：『這個行刑機器實在太了不起了！』」

旅行者拒絕了軍官的提議，也拒絕支持行刑機器。軍官再問一次：「你確定真的如此決定了？」旅行者說：「我確實決定這樣，我的看法是如此。」軍官突然說：「好，那時候到了，是時候了！」他叫犯人從機器上起來，說：「你走，你自由了。」軍官接著開始脫起自己身上的衣服，然後他拿了一張圖版給旅行者看，問他是否看得懂上面的文字？旅行者還是看不懂。軍官說上面寫的是「要公正」。

軍官將那張圖版放進機器裡，把自己剝光了，換成他去躺在行刑機器的床上，然後機器開始動了起來。軍官代替了犯人示範行刑機器，要讓旅行者看到行刑機器的神奇之處，而既然旅行者認定他在審判上不夠公正，所以他得到的罪名是：「要公正」。

機器開始運轉了，起初很順利，然後原本嘰嘰嘎嘎的聲音突然沒有了，接著一個齒輪「碰！」的一聲跳出來，再來，「碰！」的一聲又跳出另外一個齒輪。簡直像是卡通畫面，一個一個齒輪一直飛出來，一直飛出來，到最後整個機器瓦解了，兩根巨大的針將那個軍官釘死在床上，那是本來要到最後才降下來的大針，突然掉下來把他釘死了。

旅行者嚇了一大跳，可是也別無辦法。後來，旅行者匆忙離開了，在路上特別去看了老司令官的墳墓。老司令官的墳墓藏在一家店裡，還要把椅子挪開才看得見。然後旅行者跳上了船，離開了這個地方，小說就結束了。

真的就這樣結束了，因為〈在流放地〉是卡夫卡生前就發表了的作品，顯然他當時認定這是一個完整的故事。

二、不懂的樂趣

這個故事在講什麼？為什麼要講這樣一個故事？有不同的人，提出過不同的解釋。真的，卡夫卡最大的魅力，他的文學地位的來由，就在於他提供了一種，在我們生命經驗裡面其實很重要，但大部分人很少感受到的「不懂的樂趣」。

閱讀時，我們習慣以為懂了才會有樂趣。卡夫卡的小說不斷地阻止你去「懂」，不讓你輕易可以回答：「這一大篇到底要講什麼？」絕大部分我們不懂的東西，包括像愛因斯坦的廣義相對論、狹義相對論，或者維根斯坦與羅素的數理哲學，我們頂多就是覺得崇拜而已，卻很難會感受到有什麼樂趣，更不會覺得受到吸引。

明明知道不懂，但是內心卻有一個聲音不斷對自己說：「嗯，我想再讀一點，再多給我一點吧！」這是卡夫卡作品很特殊的魅力。〈在流放地〉就是這種讓人不懂，卻又讓人沒有辦法放下來的小說。幾十年來，應該有很多人寫過對〈在流放地〉的解讀，不過我猜他們沒有一個人的讀法和村上春樹相同。村上春樹在《海邊的卡夫卡》裡，寫了一個對〈在流放地〉的解讀，雖然不是那麼明白直接說的，但那些三言兩語的暗示，如果我們夠認真夠仔細去思考的話，還是會浮現出其意義的。

中譯本上冊第八十二頁，田村卡夫卡和大島先生討論〈在流放地〉，他說：

與其說卡夫卡想說明我們所處的狀況，不如說是想將那複雜的機械做純粹的機械化說明。也就是說，他藉著這樣做，而能把我們所處的狀況比誰都更生動地說明出來。不是藉著說明狀況，而是藉著述說機械的細部。

（《海邊的卡夫卡》第七章，頁八十二）

你們懂田村卡夫卡這段話的意思嗎？村上春樹覺得讀者不一定會懂，怕你不懂，所以隔了兩段，他讓田村卡夫卡再講了一次，換了一種說法：

關於卡夫卡的小說我的回答，應該是得到他的肯定吧。多多少少。不過我真正想說的話卻應該是還沒有傳達好。我那樣說並不是以對卡夫卡的小說的一般論來說的。我只是對非常具體的事物，做具體陳述而已。那複雜又目的不明的行刑機器，在現實的我們身邊是實際存在的。那不是比喻或寓言。不過不只對大島先生，不管對誰以什麼樣的方式說明，人家大概都無法了解。

（《海邊的卡夫卡》第七章，頁八十三）

「不管對誰以什麼樣的方式說明，人家大概都無法了解。」這句話是挑釁，看看你們這些讀者，是否就是那無法了解的「人家」。既然一個作者用這種方式明白挑戰我們，作為讀者，我們別無選擇，不能隨隨便便退縮，直接承認：「你說得對，我就是不了解。」我們至少要好好試試，至少要回到〈在流放地〉好好想想。

在痛苦中了解命運

那個機器在現實裡，是在我們身邊實際存在的，它不是比喻。村上春樹透過田村卡夫卡表明他的看法：卡夫卡藉由描述這個機器，而不是描述狀況，反而更清楚說明了我們的處境。我們的處境是什麼？從伊底帕斯、命運一路讀下來，行刑的機器最有可能要講的是：在面對命運時，一般人我們在生命當中感覺與命運發生關係時，最具體的一種感受。換一種比較清楚的語言說：人的一生，不就都是努力想要知道，命運在我們背上究竟刻寫了什麼嗎？

然而，如何才能了解我們背上刻寫了什麼？唯一的辦法是經過長期的痛苦（suffering），只有在痛苦當中，才能慢慢理解究竟什麼東西被寫在我們生命裡。或者再用命運的語言來說：人一生當中，最重要的遭遇與經歷，就是不斷承受各式各樣的痛苦，掙扎著想要了解我們的命運。什麼時候我們會了解命運？等到一切都來不及改變的時候，你就知道命運是怎麼一回事了。這是〈在流放地〉那個複雜但又不知用途的機器，最主要的象徵意義。

如此解讀流放地的行刑機器，我們可以進而解讀〈在流放地〉這篇小說可能的其他意涵。小說裡，新舊兩任的司令官，有不同的思考邏輯。老司令官的那一套邏輯，是一種「命運的邏輯」，是人的生命整體的一種邏輯。而新的司令官，也包括這位外來的旅行者所抱持的信念，則是一種理性的邏輯系統。這兩套系統是無法並容的，兩套系統有完全不一樣的公正概念。

從「命運的邏輯」看，公正在哪裡？它唯一的公正就在於每一個人都有一個罪名，每一個人在那受刑的過程中都一樣，都是到了最後命運會向你揭露，你會在最後時刻了解你的命運。至於為什麼我得到這樣的命運，並不包括在公正概念之內。我們沒有辦法去和命運爭論，說為什麼我是這樣的命？你的命這樣那樣，無從討論公不公平，唯一公平，至少是平等的地方，就是你和所有的人都一樣，到了一切都來不及的時候，你就會知道你的命運是什麼。

新司令官和法學專家代表的，是世俗的、一般情境底下的邏輯。這套邏輯認定：有罪才有罰，什麼樣的罪就應該要有什麼樣相應的懲罰。決定罪與罰必須要有一個程序，罪跟罰之間的衡量才構成公正（justice）。

新舊兩任司令官他們所信仰，甚至說他們所關心、所談論、所彰示的罪與罰，是兩種完全不同層次的東西。我們很容易了解那個新司令官和外來旅行者，他們的思考方式。是啊！莫名其妙，一個人沒有得到公開、正當的審判，怎麼就被架到機器上去！然而，那個把人架上去行刑的行刑機器，本來就不是實現世俗罪與罰的機器。它象徵著，或者說它模擬的，是我們人生當中比所有外在機制，學校、法律、金錢、社會可能給我們的懲罰，更深刻、更關鍵、更根本的一套東西。

我們絕大部分的人，在絕大部分的時間中，只需要看世俗邏輯下的罪與罰。你付了錢進誠品講堂聽課，老師卻沒有來上課，如果不退學費，就應該補課，這是我們日常在意的公正，也是我們通常所理解的公正。絕大部分的時間裡，我們不會意識到，也就不需要去思考另一個層次的公正問題。或許該說，絕大部分時間裡，我們懂得如何欺瞞自己，假裝只有這套罪與罰，假裝生命當中最重要的就是這套罪與罰。這個人犯法了，把他抓起來，那個人殺了人，不讓他假釋。我們相信這是最重要的。

卡夫卡，或者是田村卡夫卡，或者說村上春樹透過田村卡夫卡看到了卡夫卡要說的是另外一套東西。那是一旦認真追究，會讓我們很頭痛很頭大的東西：為什麼我是這樣的命？為什麼我是這樣的一個人？更重要的是，在生命當中我承受的所有挫折、不幸、痛苦，公平嗎？有意義嗎？

受苦是往天堂的路

村上春樹確實掌握到了卡夫卡作品中關鍵的訊息。卡夫卡的作品很大一部分在談人的痛苦。所謂「談人的痛苦」，並不是去描述人的痛苦，卡夫卡遠比描述痛苦更深刻。卡夫卡是個那麼敏感，又那麼疏離的人。活在二十世紀早期，現代環境快速變化的狀況下，卡夫卡他的作品裡，一直有一個隱約但是明確的主題，就是：我們所承受的痛苦，究竟有何意義？過去對於這個問題有現成的答案、最簡單的答案：這是果報，你的痛苦是你自己生命的懲罰，這個答案最容易理解，卻往往最經不起事實的考驗。

先別說自己，畢竟每一個人都是有私心的，常常覺得發生在你身上的懲罰是不應該的。那就看看別人好了。你認識的人當中，有幾個你覺得他在生命中所得到的，等同於他的所作所為？這麼爛的人卻當上司，每天吃香喝辣，不高興還可以亂罵人。這麼好的人，和我一樣好的人，卻要做他的部屬，每天看他臉色。要讓果報觀念有說服力，通常就要加很多複雜的成分。

所以印度人用輪迴，前世今生不斷的累積，來解釋一切。你今天為什麼這麼可憐？明明你沒有做什麼壞事啊！喔，原來是在你不知道、你不記得的時候，前一世、前兩世，你已經做過壞事了，今生的遭遇是前世帶來的果報，所以還是有道理的，還是公平的。為了保障果報的素樸公平性，輪迴是很有用的補充。

但輪迴不是西方人找到的答案。西方人最早找到的，長期以來最清楚接受的答案，是上帝的意旨。上帝可以有各式各樣的變形，不過沒有變的是，上帝決定了人的痛苦的意義，那意義上帝知道，人，因為我們不是上帝，所以不一定能知道，但是你必須保有信念，相信無所不在、無所不能、無所不見、無所不知的上帝一定知道祂的意旨。你的痛苦有時不完全來自自己的行為，而是上帝另有安排、另有設計。

尤其是從猶太教轉變為基督教，經過耶穌基督的轉化，痛苦取得了全新的定義，從而打開了另一個世界。耶穌基督因何受難？他為什麼被釘十字架？不是因為他自己做壞事，他是「無辜受難」，為了替所有人救贖。痛苦和救贖透過耶穌基督的例子連結在一起——每一個受苦的人都有福了。受苦意味著你正在累積贖罪的點數，你正在接近天堂的路上，在人的城市（city of man）裡過得愈痛苦就意味著有愈高的機會能進入永恆的上帝之城（city of God）。人的痛苦變得是有明確方向與意義的。

因此我們才能理解當年馬丁・路德（Martin Luther）為什麼要到教廷的門口抗議贖罪券，為什麼新教改革的重點，會放在贖罪券上。因為教會賣的贖罪券違反了耶穌基督開啟的痛苦意義。贖罪券讓人不經痛苦、不受折磨，在人間之城盡情享受，只要付了錢就可以規避痛苦進到永恆的上帝之城。這是違背耶穌基督原始教義，是最嚴重的不公平。

不再信任上帝的時代

卡夫卡活在一個人不再能那麼信任上帝，也就不再能確知痛苦意義的時代。

你沒有辦法繼續相信上帝，你沒有辦法相信上帝是無所不知，隨時在衡量、在記錄：啊！你今天受苦三十八分，隔壁那傢伙只有十二分，他現在比你舒服、比你得意，但沒關係，正因為如此，在前往天堂的路上，你就因此比隔壁那傢伙領先了二十六步。這個概念不再能夠維持了，相對地，人真實遭遇的痛苦並沒有減緩，並沒有因為我們不相信上帝了，就變得不痛苦。不相信上帝，不能繼續用那種方式信任上帝，人的痛苦就失去了緩衝，不再有意義的保證，因而在人心中產生了最大的迷惘。

卡夫卡和那個時代所有人，一同陷入在這迷惘中，而在處理這迷惘時，他有著超越一般人的勇氣。一般人都是在失去上帝後，很自然地尋找各式各樣的替代品。卡夫卡要寫的，他要彰顯的，他要揭露的卻是：或許痛苦真的就是沒有意義的。他一直用他的文字去碰觸這最難述說的訊息。請問：要如何述說「無意義」呢？

卡夫卡的文字難讀，因為根本上他要寫的東西和寫作本身的目的是背反的。寫作原本是為了彰示意義或建立意義，可是卡夫卡卻要藉由寫作打破我們相信、我們執守的意義，或是打破我們對意義的一些幻想，讓我們明白其中的無意義。

要藉由他的小說去寫無意義，這當然很困難。沒有幾個作家寫得出像卡夫卡那麼神祕、那麼曖昧，但同時又那麼精準地觸動那個時代最深恐懼的作品。讀卡夫卡，愈讀我們真的愈不知道還能夠對於人的痛苦保持什麼樣的意義信仰。卡夫卡最大的特色在於他的勇氣，他敢於去面對，敢於去彰示這樣的無意義。

所以卡夫卡是現代主義的重要代表。他將走入現代之前許多我們以為能夠穩穩掌握的東西，都拿出來探索。用他的寓言進行各式各樣的探索，然後問：你還認為這是很有意義的東西嗎？我們不再確定，我們不再確知，我們只能一一地懷疑，一一地去處理自己內心內在的空洞。

在法的門前

卡夫卡另外還有一篇有名的寓言〈在法的門前〉（*Vor dem Gesetz*）2。〈在法的門前〉講的是「法」，在中文裡有「法律」和「律法」兩層意義。卡夫卡是個猶太人，他有來自猶太人的強烈律法概念。〈在法的門前〉是一篇很短的寓言故事。有一個鄉下人來到了法的門前，在那裡東張西望，看到一名魁梧強壯的警衛，他就問警衛說：「我可以進去嗎？」警衛說：「你不可以進去，至少現在不可以進去，你如果要進去，我在這裡看守，你得闖過我，你可以試試看啊！那我告訴你，你如果闖過我了，後面還有一個警衛，後面還有一個警衛，最後面那一個警衛是連我都不敢正眼看他的，所以你不可以進去，但你可以試試看你可以闖，如果你要闖的話。」

那鄉下人又瘦又小他怎麼敢闖呢？他就說，「好，我現在不能進去，那我將來可以進去嗎？」這個警衛就說：「也許將來有機會你可以進去，但你現在就是不能進去。」所以那個鄉下人就站在法的門前，從門底下門縫偷看門裡面到底是怎麼一回事，在那裡一直等、一直等、一直等。

他愈來愈老，等到他背都彎下去了，等到他身體都直不起來了，他發出很微弱的聲音去問那個警衛，他實在太衰弱了，很老了，警衛聽不到他講話，只好把身子低下來聽他講話。他對警衛說：「我想我快要死了，我大概沒有機會走進法的門了，可是在我死前有一個問題，可不可以請你回答我？」「你的問題是什麼？」他問：「法律適用於每一個人，不是嗎？然而我在法的門前等了一輩子，為什麼都沒有看到另外一個人，任何一個人走到法的門前要求進去呢？」那警衛回答說：「那很簡單，因為這個門就是專門為你設的，我現在要把門關起來了。」

故事結束了。我不解釋這故事說什麼，只是讓這故事進入你們的腦中。我相信任何人知道了這故事都會去想，都會有所疑惑：這是什麼？為什麼會有這樣的故事？而只要你開始想，你就進入了一個和之前不一樣的情境裡，不再能夠那麼簡單相信法律適用於每一個人，法律面前人人平等，這樣簡單而抽象的概念。

這是卡夫卡一路在創造的心理效果，這是卡夫卡的寓言最大的作用。

三、卡夫卡式的悲觀故事

《海邊的卡夫卡》裡，主角叫做田村卡夫卡，他碰到的佐伯小姐，年輕時寫過一首歌，歌名叫做〈海邊的卡夫卡〉。這首歌表達了佐伯小姐和她的男朋友如此要好、如此幸福、如此完美。在完美的幸福中，佐伯小姐寫了〈海邊的卡夫卡〉。歌曲〈海邊的卡夫卡〉發行了單曲唱片，賣了兩百萬張，簡直是幸福的錦上添花。

然而在幸福的頂點上，竟然莫名其妙的，沒有任何道理，這個男孩在學校裡因為被誤認為別人，遭人活活打死了。那死亡沒有一點點道理，那個死亡更沒有任何一點點的價值。一個最高的幸福突然被折斷，才引發了後面所有事情，包括田村卡夫卡的身世與遭遇。

將小說裡的〈海邊的卡夫卡〉和田村卡夫卡連在一起，或許會比較明白我為什麼用這種方式讀〈在流放地〉。村上春樹認為卡夫卡在告訴我們：人生就像在行刑機器上的過程一樣，你一直解讀不出來設定了的罪名，一直到死去的前一刻，還沒有死，那就不會是命運真正的、最後的答案，一定要到了再也活不下去時，命運才完整揭示，在此之前，我們只能不斷猜測，卻無法知道究竟是否猜對了。

這是一個非常卡夫卡式，而且非常悲觀的故事；既是伊底帕斯、希臘式的悲劇，又是卡夫卡式的，關於人的痛苦沒有意義、沒有特殊道理的立場。《海邊的卡夫卡》建立在，第一層伊底帕斯，第二層卡夫卡這兩層基礎上，其核心的訊息沉重得不得了。

愛是對世界的重建

不過正如前面提到的，村上春樹在小說中嵌入了一個對於伊底帕斯故事的批判，指出了這個悲劇沒有被追究的一件事情，那就是父母的責任，難道如此輕易小孩丟棄沒有責任嗎？他們真的是無辜的嗎？針對卡夫卡，村上春樹也提出了他的補充或修正。中譯本第三百一十七頁，大島先生找到那一張他媽媽珍藏的〈海邊的卡夫卡〉唱片，交給田村卡夫卡，田村卡夫卡準備要放來聽時，大島先生和他有了一段對話。他們談到了幽靈。田村卡夫卡看見了十五歲的佐伯小姐出現在房間裡，因而忍不住問大島先生：有沒有生靈？是不是只有死了才會變成幽靈，還是會有活著的人，異於肉體之外的生靈？

討論中，大島先生兩度引用《雨月物語》裡兩個武士的故事。兩個武士約定好了要見面，但其中一個武士被關了起來，沒有辦法赴約。這個武士為了踐約，只好將他自己殺了，才能化成幽靈去赴約。大島先生用這個故事來表示，恐怕人還是得死掉才會變成幽靈。但有意思的是，大島先生接著補充說：

「人為了信義或親情或友情好像不太能變成生靈的樣子。在那樣的情況下死是必要的。人會為了信義或親情或友情而捨棄生命，化為靈魂。如果活著又要有可能化為靈魂，以我所知，還是只有從惡心、負面的感情出發。」

（《海邊的卡夫卡》第二十三章，頁三一六—三一七）

因為《源氏物語》裡有一個故事，講具有強烈害人意念的人，坐在房間裡，自己都沒有察覺的情況下，竟然就靈魂離竅去害人了。和《雨月物語》的故事對照，那好像是說好人不會化作生靈，壞人卻會。可是田村卡夫卡還在思考，大島先生又加了一句按語：

「不過正如你說的那樣，也許有人是從正面的愛而成為生靈的例子也不一定。我對這個問題並沒有深入研究。也許會發生也不一定。」

大島先生說：

「所謂愛，是對世界的重建，因此什麼事情都有可能發生。」

（《海邊的卡夫卡》第二十三章，頁三一七）

從這裡我們知道了，村上春樹不會讓讀者絕望，這就是為什麼村上春樹會吸引讀者樂意讀下去，不管他寫再怎麼沉重的主題。給了這麼多卡夫卡之後，他在這裡下了一個精巧的修正，以人與人之間的愛來進行對於卡夫卡的修正。卡夫卡告訴我們人的痛苦是無意義的世界，村上春樹則補充說明：但有可能那個人類受苦經驗無意義的世界，不是唯一的世界，因為「所謂愛，是對世界的重建」，或許可以在這上面建造出一個完全不同的世界。

村上春樹似乎在指認：作為一個小說家，卡夫卡最大的問題在，他小說中呈現的世界，太有說服力，他的呈現方式很容易讓我們覺得那就是唯一的世界

愛可以克服一切

卡夫卡的作品中，最多人讀的應該是《變形記》（*Die Verwandlung*），或者譯為《蛻變》[3]，講的是主角葛雷戈・桑姆薩一天早上醒來，發現自己變成了一隻蟑螂。葛雷戈・桑姆薩變成了蟑螂，雖然他還是他，只是換了一個大家不習

《變形記》是卡夫卡的代表作品，亦譯為《蛻變》。

慣、不喜歡的外表，但是突然之間，他作為一個人的價值與意義就全部改變了。

在卡夫卡的想像紀錄中，讓人格外印象深刻而且深覺難過的，是家人如何一步一步改變對待他的態度。剛開始時，很努力地試圖要幫他，試圖要了解到底發生什麼事。後來慢慢習慣他變成蟑螂這件事，接著發現他的存在很令人尷尬，更使人很不方便，就盡量想辦法將他隔離起來，不要打擾到別人的「正常」生活。接下來，家人心中浮出了渴望，暗暗不能說出口的渴望——希望他最好消失，最好趕快消失。在這過程中，葛雷戈・桑姆薩身邊的家人，爸爸、媽媽和妹妹，一步一步將他們的愛從他身上撤回來，一步一步背叛了他。

葛雷戈・桑姆薩後來死了。他被不曉得是誰丟的蘋果，在背上砸了一個傷口，有一天他媽媽進去時，發現他已經死了。他不是因為背上的傷口而死去的，而是因為他已經無法繼續作為一個被愛的對象，就徹底失去了活下去的力量。以《變形記》為例，那麼村上春樹的修正是有道理的。《變形記》裡所發生的事，不是必然的。葛雷戈・桑姆薩是先變成了一隻蟑螂，帶著蟑螂的外表經歷了這些。這不是人作為人的存在當中的必然。但因為卡夫卡寫得太精采、太傳神了，於是這個故事往往就被當作是關於人的存在的普遍寓言，也就是被看作代表了人的存在的必然，極度悲哀的必然狀況。

從一個角度看，我們可以說村上春樹比較俗氣一點，也比較知道如何賣書；換另一個角度看，他有他深刻的信念，至少是反覆努力希望說服他的讀者的價值觀，那就是人與人之間誠摯的愛，是有意義的，是會造成變化的。

《海邊的卡夫卡》小說的後半，村上春樹就是要描述一個藉由真愛而改變了的世界。為了追尋愛，進入到一個不應該進去的世界。這部分內容是個隱喻，其主軸精神，在對應伊底帕斯與對應卡夫卡時，已經提得很清楚了。他要對他們說：你們所彰示的世界之所以如此混亂，之所以受命運宰制，之所以痛苦全無意義，那是因為愛這回事被抽開了。

村上春樹的寫作資源

愛不會沒有意義的，至少他希望愛不會是沒有意義的。所以他要將愛放回伊底帕斯的悲劇裡，將愛放回卡夫卡的寓言裡，看看會發生甚麼事。如果愛是重要，重要到可以抵抗命運，那會怎樣？如果愛夠重要，重要到可以解釋我們的痛苦，那會怎樣？這部小說因而有了不同的痛苦，有了不同的色彩。它來自伊底帕斯的悲劇，又有卡夫卡的黑暗，可是我們讀的時候，得到的感覺和讀伊底帕斯不一樣，和讀卡夫卡也不一樣。

理解了村上春樹如何拼湊出這部小說，讓我們更清楚看出，村上春樹之為村上春樹的焦點：他可以如此明目張膽地採用別人寫來再俗爛不過的主題，從中寫出不一樣的內容。如果我一開始就告訴你們：《海邊的卡夫卡》是一本告訴我們：「愛可以克服一切」的小說，你們會想要讀嗎？但是講了這麼多之後，我終究還是要告訴你這件事，這就是一本告訴你：「愛可以克服一切」的小說。

村上春樹為什麼做得到？因為他聰明地運用了大量的「互文」。其他的人想學他寫一個愛得死去活來的故事，不管是想學《挪威的森林》，或想學《海邊的卡夫卡》，都沒辦法真正學得到。那些模仿村上春樹者，他們沒有這些互文的資源，不懂得將這些深刻的東西加進來變成小說內容的一部份。這是關鍵的差距，也因此閱讀《海邊的卡夫卡》，我們所需要付出的努力與精神，絕對比讀其他同樣是談論「愛是偉大的」的小說多上好幾倍、甚至幾十倍。

1 這篇小說的中譯收入於志文出版的《蛻變》，題名譯為〈流刑地〉。

2 這是卡夫卡作品《審判》中所提到的一則寓言。

3 卡夫卡的這部作品，麥田與商周的譯本為《變形記》，志文出版的版本則譯為《蛻變》。

第七章
大江健三郎與四國森林

在大江健三郎筆下，森林是聚積祖先靈魂和祖先記憶的處所。
森林是一個奇特的時空，深入森林，不只是一趟空間行程，而牽涉到了時間的交錯，
時間在這裡不是簡單地往前走，而是更複雜的方向。
在村上春樹的《海邊的卡夫卡》裡，四國的森林成為小說中關鍵的場景，
那個神靈所在之處是另外一個重要的文學心靈大江健三郎所賦予的。

一百多年來，一共有兩個日本人得到諾貝爾文學獎，第一個是川端康成，第二個是大江健三郎。川端康成在一九六八年，是以其具有日本代表性的特質得獎的。在西方人眼中，他是最具備日本傳統之美的作家。川端康成也刻意配合營造這個形象。他在諾貝爾獎的頒獎典禮上面所發表的演說，叫做〈日本之美與我〉，差一點連多年來幫他翻譯作品的譯者都被難倒了。

川端康成在演講中大談特談從平安朝以降的日本之美，尤其是日本文學當中的美，引用了和歌、漢詩，以及各式各樣的典故。川端接受了西方人認定的角色，作為一個承擔日本之美的責任代表，利用諾貝爾獎的場合宣揚日本文化。

然而，後來大江健三郎在一九九四年得獎時，他的諾貝爾獎領獎演說詞，他刻意呼應了川端康成，取了標題叫做〈日本的曖昧與我〉。這篇講詞有一部分其實是在批判川端康成的。在他看來，川端康成和日本的關係，遠比川端自己呈現的來得曖昧：第一，川端康成在本質上並不是一個傳統的日本作家，川端康成承襲、模仿了很多從十九世紀後期一直到現代主義西方文學的筆法。第二，川端康成描述的日本，由單純的日本之美所構成的，不是真實的日本，真實的日本是個極度曖昧的地方。

前面是川端康成，後面是大江健三郎，這兩個得獎的日本作家，還真是天差地別。川端康成寫的是極度漂亮、極度典雅的日文。然而大江健三郎的日文卻連日本人讀來都覺得吃力，而且是懂英文或懂法文的日本人，會覺得似乎讀英文、法文譯本還比較容易。大江健三郎很多作品很早就被翻譯成法文，在法國出版，讀者真的可以捨日文，改用法文來了解大江健三郎。大江健三郎如此高度西化，是在二次戰後日本被迫向世界開放的新環境底下長大的人。

一、大江健三郎的寫作之路

一九六三年六月，當時二十八歲的大江健三郎生了第一個兒子。他的大兒子一出生的時候，他在新生兒病房裡第一眼看到他的兒子，頭上長了很大的一個瘤。醫生告訴他說非動手術不可。可是醫生在一開始就講明了，沒有把握開刀之後小孩可以活下來，就算活下來，說不定也會變成植物人，因為在腦部長了瘤，什麼都說不準。

那真是個慌亂的情況。他一方面必須去安排小孩動手術的事，擔心不知道這個小孩能不能活下去，活下去之後也不知道會變成怎麼樣；另外一方面，要在奔波中照顧他太太，幫助她接受生出一個畸形兒的事實，幫助她從產後的狀態中復原。於是他的媽媽就住到他家裡來幫忙。

過了一陣子之後，小孩的狀況還不清楚，他收到戶政事務所催促他去辦兒子出生登記的通知。要辦出生登記，最重要的，也是最麻煩的事，就是必須要取好名字。

那時候大江健三郎正在讀一位法國猶太裔哲學家西蒙娜・薇依（Simone Weil）的著作，書中提到了因紐特人（Inuit），北極愛斯基摩人中的一族，他們的神話故事。故事裡說世界剛剛形成的時，大地上有一隻烏鴉，這隻烏鴉在撿拾地上的豆子吃，但是到處都是漆黑一片，很不容易找出豆子在哪裡。於是這隻烏鴉就想：「啊！如果這個世界有光，那我要吃豆子就方便多了！」牠這樣想著，突然世界就有光了。西蒙娜・薇依用這個例子來顯現：希望具備有多麼龐大的力量，因紐特人相信，就連光都是來自於一隻烏鴉單純的希望。

這時候，大江健三郎的媽媽問起要給小孩取什麼名字？大江健三郎告訴他的媽媽：「我在想可能會用一本書裡的典故幫小孩取名字。」他的媽媽問那書是誰寫的？他回答：「是一個法國的哲學家。」媽媽就點點頭說：「那也蠻不錯的。」此時大江健三郎突然開了很不合時宜的玩笑，對他的媽媽說：「所以我要將這個小孩取名叫烏鴉，大江烏鴉就是你孫子的名字。」大江健三郎的媽媽氣得不得了，掉頭走到樓上去不理他了。他很後悔，自己怎麼講出這樣的話。

第二天他要出發去戶政事務所了，他媽媽從樓上下來，主動跟他說：「唉！其實叫大江烏鴉也沒什麼不好。」他才趕快跟媽媽說：「不，不，我改變心意了，我決定了，這個小孩應該叫做大江光。」

動完手術之後，大江光活下來了，可是他的腦部發育不全，所以他看來就是個發展遲緩的智障兒。因而家中經歷了許多痛苦，許多困擾，包括安排讓大江光受什麼樣的教育的事情。

大江健三郎和大江光他們一家，生命當中最重要的轉折出現在他們居住在一座島上的時候。島上有很多鳥，經常可以聽到鳥叫聲。有一天大江光突然發出了一連串奇怪的聲音，像是在跟鳥對話一樣。之後大江光的聽覺快速成長，他愛上了音樂。在大江健三郎最要好的朋友之一，日本最了不起的現代作曲家武滿徹的協助下，大江光走上了音樂的路，也成了一位作曲家。聽懂了鳥的語言，開拓了大江光的生命。我在二〇〇三年去日本時，還曾躬逢其盛見到了大江光新作品發表的盛會。他就是差一點被叫成大江烏鴉的大江健三郎的兒子。

在森林中交錯的時間

大江健三郎一九三五年出生於四國。日本包括四個主要的島嶼，本州、九州、四國、北海道，相對於其他三個島，四國應該是台灣人最陌生，也是最少去旅遊的，四國島在日本有著奇特的邊緣位置。

大江健三郎出生在四國島中部的愛媛縣喜多郡大瀨村。那個地方在哪裡呢？查一下地圖，四國有一條中央山脈，他的出生地就是中央山脈裡的一個村子。他出生後沒多久爆發了中日戰爭，後來又擴大成為第二次世界大戰。大江是在戰爭中在山裡長大的，他對於森林有很深厚的感情。

他重要的代表作，也是諾貝爾文學獎給獎讚詞上特別提及的作品，《萬延元年的足球隊》，書裡有這樣的一段話，他形容：

> 林道在陰暗常綠樹林的牆壁環繞下，奔馳於深溝底；我們停在林道的一點

上，頭上有條狹隘的冬日天空線條。午後的天空像水流的顏色逐漸變動一樣褪色，並且緩緩下降。晚上，天空像鮑魚殼蓋住肉一樣，關閉了廣大的森林。一想像它，就有封閉恐懼感。雖在這深幽的森林中長大，每次穿越森林回到自己的山谷，我就無法從那窒悶的感覺超脫出來。窒息感的核心糾纏著已逝祖先的感情精髓。他們長久以來不斷被強大的長曾我部追逐，一直退到森林深處，才發現稍微抵抗了森林侵蝕力的紡錘形窪地，而定居下來。[1]

這是他對森林的描述，這段描述有幾個重點。第一、大江描述的地方，是傳統上的土佐藩[2]，尤其是土佐藩的長曾我部[3]的故事。小說中要挖掘、連結的，就是藏在山中死去的祖先長曾我部的感情精髓。土佐藩的根據地，就在愛媛縣旁邊的高知縣。是的，《海邊的卡夫卡》小說中，大島先生帶田村卡夫卡去的那棟完全寂寞孤立的小屋，就在高知縣。

第二個重點，在大江健三郎筆下，森林中最特殊之處，就在於那是聚積祖先靈魂和祖先記憶的處所。森林是一個奇特的時空，在一般環境裡，我們理所當然認定，不加懷疑不加思考的單線時間假定，進入森林中後，經常就有了戲劇性的

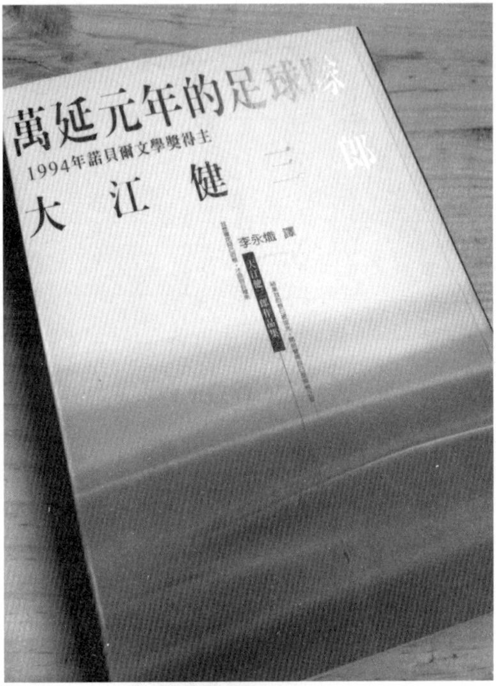

大江健三郎獲諾貝爾文學獎的給獎讚詞
特別提及了《萬延元年的足球隊》。

改變。深入森林，很容易給人一種感覺，覺得那不只是一趟空間行程，而牽涉到了時間的交錯，時間在這裡，不是簡單地往前走，而是更複雜的方向。一般的村落生活中不會直接感受祖先的靈魂，但一旦走進那森林裡，就好像曖昧卻又具體地包圍上來。

大江健三郎寫過他祖母講的故事，說森林裡有那麼多樹，每個人都在森林中擁有一棵自己的生命樹。如果你碰巧走到了自己的生命樹下，就會遇到未來的自己。這故事一直在大江的腦中盤桓，小時候他常常想：「如果發現了生命之樹，在樹下遇到了一個老公公，那是六十年後的我，那我要跟這個老公公說什麼話？」他年紀大了之後，並沒有完全脫離這故事，而是倒過來想：「那麼等到我六十多歲了，來到自我之樹下，是不是就會碰到了六十年前，八歲的自己？我要如何面對他？要跟他說什麼？」

大江健三郎的小說一個重要的主題，就是時間——過去、現在、未來——會在森林中交錯。現在的自己會在森林中最特殊的一棵樹下遇見以前的自己，或者遇見以後的自己。

大江健三郎寫過他如何走上文學道路的起點。小學時，一位從外地來的老師，帶同學們去海邊遠足。查了地圖就會知道，愛媛縣離海邊有一段距離，他們走了一個小時左右才到。那應該就是《海邊的卡夫卡》小說中，中田先生和星野先生兩個人坐著看海的地方吧？

那是大江健三郎生平第一次看見大海。回來後老師要求大家將看到海的感覺寫成作文。大家小時候一定寫過類似的遠足、旅遊感想吧？還記得你們是怎麼寫的嗎？顯然，大江健三郎的寫法，和我們大部分的人都不一樣。

他寫說：「去到海邊，讓我很慶幸住在山裡面，如果住在海邊每天要聽海潮的聲音，那多麼吵鬧啊！」老師讀了他的作文很生氣，把他叫去訓話：「你這樣寫作文，對住在海邊的人很不禮貌吧？」然後老師更不客氣的告訴他說：「我從外地來到你們山裡，可一點都不覺得你們山裡面很安靜，我覺得你們講話好大聲好吵！」

這段話讓大江很疑惑，他一直以為山裡是很安靜的。於是在那幾天他特別認真地注意自己周遭的環境。他注意到其實山真的不是靜的，遠遠看覺得山一動不動，近看卻會發現森林一刻沒有停過，一直在動一直在動。將視角從原本習慣的幅度拉近，愈拉愈近，他看到了樹枝上有一顆露珠，露珠中反射出一個微小但卻又似完足的世界，大受震動之餘，他提筆寫了生平的第一首詩。4

在森林中度過的童年

從一九三五年到一九四五年，大江健三郎在森林中度過了童年。住在山中，不太能夠感覺到戰爭。戰爭頂多就是有一些遠從陌生都市來的小孩，被疏散到這裡來，稍有一點變化。雖然沒有直接感覺到戰爭，卻逃不掉軍國主義的氣氛，老師每天反覆說著：第一、天皇多麼偉大；第二、如果戰爭繼續擴大，說不定有一天戰爭也會到這裡來。

然而小孩聽老師說有一天戰爭可能也會來到四國的山中，激起的感覺不是戰鬥、不是害怕，而是：「如果那樣，我們就不用再羨慕東京人了。我們就和他們都一樣，為天皇而努力過，為天皇而奉獻犧牲過了。」那是一份特殊的感覺，正因為看不到戰爭的殘酷，所以對待戰爭有一種浪漫的態度。

到了大江健三郎十歲時，一九四五年，戰爭結束了。日本從軍國主義侵略者，一下子變成被美軍占領的敗戰國。尤其在四國這個偏鄉的偏鄉，這個變化來得又快又劇烈。從來沒有人跟他們預告過日本有可能投降，更沒有人提過日本可能被美國人占領統治。

幾乎是前一天還聽著「玉碎」的宣傳，無論如何要反抗到底，直到剩下最後一個人，隔一天天皇的「玉音放送」[5]就從收音機傳來，日本投降了。接著，沒多久後，美國占領軍來了，日本人竟然還熱情地接納、擁抱他們。

對大江健三郎這個十歲男孩來說，這是完全無法了解的變化。最偉大的天皇、不敗的天皇，帶頭投降了；至於那最可惡的美國人，現在卻普遍被讚美了。

美軍占領時期，學校老師出了一道作文題目，交代班上作文最好的幾個小孩寫。題目是：「為什麼日本需要科學」。腦袋還沒轉過來的大江健三郎想到了一個答案：日本需要科學，如果努力發展科學的話，就能打贏下一場戰爭了。但是這次作文比賽，主辦單位是美國占領軍總部。老師把大江找來：「不可以，絕對不可以這樣寫！」如果被美國人發現日本小孩還存著打下一場戰爭，打贏下一場戰爭的想法，那還得了！

大江被迫改了作文內容。作文交出去後，那篇改過後的文章得獎了。美軍派了吉普車來，將得獎的學生送到愛媛縣的總部去領獎。每個小孩吃到了一個美國漢堡，另外領到一顆蓄電池。大概美軍也不知道要給小孩子什麼獎品，也沒有用心特別準備，反正部隊裡蓄電池很多，就給每人一個當獎品。

抱著蓄電池回學校，大江一度立下大功。戰敗之後，日本第一次參加國際運動比賽，是女子排球隊，校長用大江領回來的蓄電池接上收音機，在操場上將女排隊比賽轉播播給全校聽。那顆蓄電池也出了好大風頭。後來，大江班上一個要好的同學，偷偷闖進到學校的實驗室裡去玩電池，結果不幸電池走火，把實驗室都給燒了。校長知道了，當然將這小孩抓來痛責一頓，這小孩被處罰過後，當天沒有回家，第二天，他的屍體浮在河面上。

這真是件悲慘的事，同學的葬禮上，同學的媽媽看到了大江，對著他大罵：「就為了你那一顆該死的電池！」大江健三郎記得這件事，更記得當下感受到的教訓：「如果我不要聽從老師的去改作文，如果我不要去迎合去寫『對的』內容，就都沒有後來這些事了。」

孩子爲什麼要上學

因為戰爭結束後的巨大變化，大江健三郎曾經一度不願去上學，不願意面對老師講的和原來講的完全相反的話。逃學他就混在森林裡，媽媽知道了，幫他在一棵大樹上蓋了一座樹屋，不上學時，他躲在樹屋裡自己讀書，讀自己想讀的書。特別是他讀不懂，或平常讀不下去的書，他就帶到樹屋裡去讀。

他也在森林中亂逛，有一次走到森林深處，迷了路走不出來，中間又遇到下雨，還出動了消防隊才把他救出來，回家後他就生病發高燒了。他記得自己病了很久、病得很重，媽媽一直在身邊陪著他。他告訴他媽媽：「我快要死了，我快要死了。」媽媽抱著他，安慰他說：「你不要擔心，你不要怕，如果你死了，我會把你生回來。」

他懷疑地問媽媽：「要如何把我生回來？妳再生的小孩不會是我，只會是我弟弟。」媽媽就回答：「沒有關係，弟弟一出生，從第一天開始，我就會把你所做過的事情，你所想過的事情，你所講過的話，一直不斷的告訴他，一直不斷的告訴他，他就會變成你，我就把你生回來了。」聽起來蠻有道理的，所以病中的大江健三郎就安心睡著了，後來從病中復原了。

這段經過寫在一本叫做《孩子為什麼要上學》的書中。最初拿到這本《孩子為什麼要上學》，基於我原先對大江健三郎的了解，我以為大江健三郎對「孩子為什麼要上學？」這個問題的答案應該會是：小孩實在沒有甚麼非去上學不可的道理。但我猜錯了，他先寫了自己小時不上學的經驗，寫到大病一場，從病中復原了，他突然理解了人應該去上學，然後就自動地去上學了。

因為媽媽跟他說的那段話，病好了之後，有一陣子他常常恍惚，搞不清楚自己究竟是誰。是那個哥哥，還是哥哥死掉之後，被媽媽當作哥哥生回來的弟弟？無從分別，怎麼分辨到底是自己真正的經驗，還是媽媽反覆講的哥哥的事，被當成自己的經驗而記得了？他覺得很有可能其實自己已經死了，他是被生回來的。

後來他釋然了，而且從這段懷疑的過程中得到了領悟：人活著的一個重要意義，在於人必須知道在自己之前的人怎麼活，等於每個人有責任將先前死去的人活回來，將他們活過的經驗留下來。人為什麼要上學？孩子為什麼要上學？不是為了讓他們得到好成績，不是為了要讓他們學到技能將來混口飯吃，不是。而是為了在上學的環境當中，小孩才能夠知道以前別的小孩，一代又一代的小孩，他們活過的經驗。這是大江健三郎給的很特別的答案。

二、大江健三郎的文學風格

後來他離開山中村莊，到松山去念高中，在那裡認識了伊丹十三[7]。伊丹十三是他的學長，學校裡有一門世界史的課，因為師資不夠，就將各年級混在一起在同一班上課。上課很無聊，伊丹十三就和坐在旁邊的學弟玩遊戲，是什麼樣的遊戲呢？寫詩接力的遊戲，一個人寫兩行詩然後遞給另外一個人繼續接下去。從接力寫的詩句中，伊丹十三對這個學弟留下了深刻印象，在多年之後，寫文章回憶時，還提到大江當時寫的一個句子：「森林中充滿了黑暗的光澤」。伊丹十三後來成了演員、導演，一度是日本在世界影壇最有名的導演，他也是大江健三郎的大舅子，他妹妹嫁給了大江健三郎。

伊丹十三長得一副外國人眼中日本人的模樣，一看就是個典型又好看的日本人，所以外國電影裡有日本人角色時，他是會被優先考慮的人。後來他去當導演，導了幾部很棒的電影。他的成名作是《葬禮》，一部高明的喜劇片。葬禮不是什麼快樂的事，將葬禮拍成喜劇，需要才華、需要勇氣、需要對於社會習俗的深入觀察、更需要豐沛的諷刺精神。伊丹十三還導過另一部名片《蒲公英》，講的是賣拉麵的故事，用很華麗的影像呈現了日本人對食物，尤其是對拉麵的執迷。

讓伊丹十三印象最深刻的句子「森林中充滿了黑暗的光輝」，後來大江健三郎的作品裡面經常出現類似的氣氛、主題。

念高中時，大江讀到了一位東京大學法文系教授的書，大受感動，就決定要去東大上這個老師的課。[7]這是他到東京最大的動力。不過，東大畢竟不是想要進去，就輕易可以進去的。第一年，大江沒有考上，補習了一年，再考一次。

第二次考試是一九五四年，那一年東大有一個特別的措施，戰後第一次開放讓台灣人投考，大概有不少台灣人去報考了吧。大江健三郎的回憶：考試時，他有一張答案紙不小心掉到地上，被旁邊的人一腳踩上去，整張紙髒掉了，他很緊張，結結巴巴地向監考老師再要一張答案紙。他大概太緊張也太結巴了，於是老師就用很慢很慢的方式，一個字一個字發音問他：「你是台灣來的嗎？」他緊張到不敢否認，就點點頭拿到了考卷。

大江健三郎的雙重性

後來他考進了東大，遇到了這位監考老師，老師竟然還記得他，每次都刻意放慢速度說：「早安啊，吃飽了沒有？現在過得比較適應了嗎？」大江實在不曉得該如何對他說自己其實不是台灣人。有趣的是，大江從這件事中得到的經驗教訓，他的說法是：在那樣的尷尬狀態中，讓他體驗到了流亡者的感覺。他可以感覺到他所使用的語言，是一種流亡者無力者的語言。而且自己是怯懦的，「為了使這樣的自己獲得勇氣，我決心憑藉想像力，破壞並改變現實當中既有的東西，我將來的生活要面向這個方向。……想要如此生活下去的依憑，對我來說就是文學。」

大江健三郎的作品在日本可以說是一種「異人文學」，很古怪、很彆扭，但卻又蠻受歡迎。最早的幾部作品，包括先前講的《萬延元年的足球隊》，或者後來的《同時代的遊戲》，都是非常艱難、非常晦澀的小說，但在日本卻也都賣了幾十萬本。有人半開玩笑地說，大江健三郎的小說最大的賣點就在於沒有人能讀得完。

他在日本一直保持了這雙重性，一方面他是日本很重要的小說家，因為他學法文，和法國、法國文學圈有著密切的來往，他的作品很早就翻譯成為法文，在法國出版，因此受到重視，翻譯成其他的語文出版。可是另一方面，相對於他的名氣，在日本其實沒有那麼多人真的讀完、讀懂大江健三郎的作品，而且有不少批評家一路堅持地給予他惡評攻訐。

他的小說作品，一再地回返森林的主題。特別值得一提的，是《同時代的遊戲》，這是一部詭奇的作品，我必須承認我是在讀完《海邊的卡夫卡》之後，才感到自己讀懂了的。這部小說中有一段情節，講的是一個人身邊出現了一個具備巨大、單純破壞力量的人，簡直就像是破壞力量化身的一個人，不斷將他生命周遭的事物予以破壞。他掙扎著對抗這個破壞者，試圖保護自己的生命，最後他走進了森林，在森林中，藉由那個森林裡含藏的神祕力量，制伏並消滅了那個破壞者。

小說的結尾，在他獲勝了之後，他越過破壞者的屍體，往森林更深處走去，突然在森林的中心，以為應該完全沒有光的地方，出現了一個玻璃屋般的東西。玻璃屋裡面有什麼？在玻璃屋裡的，是《萬延元年的足球隊》曾經抽象描述過的東西的具體顯影。所有曾經在這個森林裡面存活過的祖先，那些祖先的影像被保留在一個沒有時間性，永恆、安詳的巨大的玻璃屋裡。小說中所有和村莊傳承故事有關的人物都留在森林最深處的玻璃屋裡。這是《同時代的遊戲》很有名的結尾。

對戰爭的思考

大江健三郎的作品來自於他的時代，尤其是和戰爭的關係。例如，一九六三年大江光剛出生的時候，大江健三郎帶著挫折與逃避的心情，選擇去了廣島，隨後寫了一本很轟動，也很具爭議性的書，關於廣島核爆。寫廣島核爆不能只悲嘆核子武器造成的巨大傷亡與破壞，必然還要碰觸到戰爭責任的問題，這是大江健三郎的立場，有高度挑釁意味的立場。畢竟大部份日本人都是以核爆受害者的身分，來規避戰爭責任問題的。

戰爭與戰爭責任的思考，連帶使得大江健三郎的作品具有強烈的曖昧性。戰爭責任是一種永遠無法說清楚，或該說，永遠說得不夠清楚的事。不只是人會要想規避責任、遺忘掉不方便的記憶的問題而已，是戰爭當中的暴行、戰爭對人性產生的扭曲，沒有辦法在戰爭以外的情境中被訴說、被理解。

大江健三郎的小說一貫有著明確的自傳性，而那些在不同作品中代表、代替他，作為他自我化身的小說角色，他們有一個共同特色——他們的內在都藏有祕密，藏了一個沒有被說出來的真相。但是這祕密、這真相卻被認定是永遠說不出來的，因為一旦說出來了，那就不再是真相了，或是說：真相說出來，就必然遭到誤解。於是他抱持著一個最痛苦的，接近於永恆、絕對的祕密無法予以揭露。小說的重點就是他如何和這無法被揭露的祕密、真相進行各式各樣的內在自我搏鬥。而那無法說、說不出來的祕密、真相幾乎都牽涉到戰爭、戰爭中的暴行，或被戰爭所扭曲的人的行為反應。

換取的孩子

舉一個最精彩的例子吧！那是他在得了諾貝爾獎後寫的《換取的孩子》。《換取的孩子》原來的書名，是用片假名抄寫的*The Changeling*，更簡單一點的譯法是「被掉包了的小孩」，用的是德國黑森林童話傳說的典故。傳說中黑森林裡有許多精怪，他們會偷偷地將人家家裡的小孩掉包，原來的小孩被抓走了，留下一個精怪假扮那個被換走的小孩。

會有這種傳說，很容易理解。父母在小孩成長的過程中普遍會有這種驚疑，原本很乖很好的小孩，到了一個年紀、一個階段，為什麼突然就變壞了，簡直就像換了一個人似的。我們的父母習慣的反應，是相信一定被別人家的小孩帶壞了，活在精怪故事間的黑森林的人就相信，一定是被掉包了。我的好孩子被抓走了，換成這個讓人受不了的怪物假裝是我的兒子、我的女兒。

大江健三郎寫《換取的孩子》最大的動機，來自於他的大舅子，也是他相交將近五十年的朋友伊丹十三突然跳樓自殺了。伊丹十三自殺後，日本媒體有各種說法，有人說他是因為被八卦雜誌拍到與女助理有染，羞憤自殺的；有人說他是因為江郎才盡，抑鬱自殺的……。那幾天，日本電視上有好多人大談特談伊丹十三如何如何，顯現他們很明瞭伊丹十三為什麼要自殺。大江健三郎覺得很荒謬，因為他從高中時就認識伊丹十三，後來還娶了伊丹十三的妹妹，但他卻完全不明白伊丹十三為什麼要自殺。

所以他寫了小說《換取的孩子》。他不是要用他和伊丹十三的關係，給一個「更正確」的答案，解釋伊丹十三為什麼自殺。不是，他沒有那麼淺薄，他要說的是，伊丹十三不會為了大家說的那麼簡單的理由自殺的，人的自殺沒有那麼輕巧，後面必然有更沉重，更難以敘述、難以解釋的理由。會強烈到讓人自殺的理由，必定是祕密，沒那麼容易訴說的祕密，才需要以死來處理。他要在小說中寫的，是那牽涉到存在的祕密，深刻到不會離開，深刻到講不出來的祕密。

這祕密，當然牽涉到戰爭，牽涉到戰爭剛結束時發生的事。我們不必將小說寫的祕密當作是伊丹十三的生命事實，那毋寧是大江健三郎建構出來的，那一代日本人的共同祕密。

---

1 此段文字引自李永熾教授的譯文，《萬延元年的足球隊》（台灣東販）。
2 土佐藩　日本過去對土佐國一帶的統稱，一八七一年實施「廢藩置縣」政策後，改為高知縣。
3 長曾我部　日本戰國時代土佐地方的諸侯姓氏，通常稱長宗我部，亦可稱長曾我部，台灣東販版《萬延元年的足球隊》書中採用後者的稱法。
4 這首詩是：「晶瑩的雨滴／映射出了風景／雨滴當中／有另一個世界」。可參見：大江健三郎的《如何造就小說家如我》（麥田）或《大江健三郎作家自語》（遠流）。
5 玉音放送　一九四五年八月十四日日本明治天皇宣讀《終戰詔書》並錄音，於八月十五日正式對外廣播，宣布接納《波茨坦宣言》。日本天皇的錄音敬稱「玉音」，「放送」是日語「廣播」的意思，故合稱「玉音放送」。
6 伊丹十三　一九三三年五月十五日—一九九七年十二月二十日。日本電影導演，戶籍名為池內義弘，一九六五年改名為伊丹十三，一九八四年起擔任導演，首部作品《葬禮》即在日本受到高度評價。後來以《蒲公英》、《女稅務員》、《民暴之女》建立風格，一九九七年自殺去世。

7 這位教授即渡邊一夫，一九〇一年九月二十五日—一九七五年五月十日，日本知名法國文學研究學者，法國長篇小說始祖《巨人傳》（*Pantagruel*）的日文譯者，也是大江健三郎的恩師。

第八章
藏在其他小說中的線索

村上春樹沒有甚麼時代感。
環繞著他的小說角色的眾多標記，往往是用來讓人遺忘掉其日本脈絡。
這是村上春樹的小說容易被不同社會的人所接受的一個重要理由。
然而這些年來，村上春樹是有改變的，他的作品開始有清楚的社會意識，
這和過去的村上春樹很不一樣，他嘗試用非現實的手法書寫現實的悲痛，
他選擇了一種文學的道德責任。

一、村上春樹的文學態度

回到村上春樹及其作品。前面提過，村上春樹的小說缺乏時間性，也沒有「物之哀」。村上春樹沒有甚麼時代感，尤其沒有和日本社會具體相關的時代感。他小說裡的人物幾乎都不受日本具體社會的影響。環繞著他小說角色的眾多標記，往往是用來讓人遺忘掉其日本脈絡（Japanese context）的。他小說裡面的人物吃三明治，喝蘇格蘭威士忌（Scotch），聽爵士音樂，穿polo衫，讀卡佛的小說。他們和具體日本社會間，是一種斷裂的關係，這是村上春樹的小說那麼好看，他的小說那麼容易被不同社會的人所接受的一個重要理由。

一直到今天，作品宣傳上都還是稱村上春樹為「八〇年代文學旗手」，這是什麼意思？意思是村上代表了八〇年代崛起的新文學風格，和在他前面的「戰後第三代」有著明顯的、斷裂的差異。「戰後第三代」一直受到戰爭的影響，但是村上春樹冒出頭來，他的作品再也找不到戰爭的遺跡，所以他是八〇年一個世代的全新開端。

村上春樹的崛起，讓人看到一個新的世代，這個新世代好像完全沒有經歷過，好像完全沒有感受到戰後日本的幾個主要關鍵問題。長期以來日本文學或許逃避戰爭問題，然而其逃避都還是因應戰爭而來的。另外一個大主題，是戰後的戲劇性轉折，從軍國主義一下子跳到崇美，這中間牽涉的罪惡感問題。昨天還相信天皇，明天轉而相信麥克阿瑟，這樣的人生必有其被砍斷的荒蕪與荒涼。

戰後的日本作家安部公房其作品風格，很接近卡夫卡。但他創造出荒謬感的根源理由，當然不同於卡夫卡，而是和戰爭、戰敗及其帶來的變化，關係密切。在大眾文學裡，我們會看到像松本清張這樣的作家，他之所以重要，正因為他勇於去面對、去處理美軍占領時期產生的社會正義問題。

村上春樹的社會意識

原先寫作《聽風的歌》、《挪威的森林》時，村上春樹給人的感覺，就是和這些歷史經驗、集體記憶或其逃避，都沒有關係。所以他叫作「八〇年代的文學旗手」。《挪威的森林》裡面雖然隱約有安保鬥爭的影子，但那就只是外圍的、遙遠的影子，是愛情故事中角色的淡漠背景。

然而這些年來，村上春樹是有改變的，雖然他從來沒有大張旗鼓地強調自己的改變。例如，一九九五年三月二十日，日本地下鐵發生了由奧姆真理教所主導的「沙林毒氣事件」，對他產生的衝擊以及他應對的方式，他為此寫了兩本書，第一本《地下鐵事件》寫的是事件的受害者，那裡已經有清楚的社會意識了，然後還有第二本《約束的場所：地下鐵事件II》，他更進一步去寫造成事件的奧姆真理教教徒們，而且他明白地提出了一個「地對地」的態度，也就不是高高在上，不是總結結論，而是將自己放在和他們一樣高的位置上去理解去書寫的特殊態度。這都和過去的、我們習慣的村上春樹的文學態度很不一樣了。

還有神戶大地震。針對神戶大地震，村上春樹寫了短篇小說集《神的孩子都在跳舞》，那也是一部神奇的作品，他要去面對具體的、現實的悲痛。他從來不是一個寫現實小說的人，但用非現實的手法如何寫現實的悲痛？他接受了這個挑戰，甚至毋寧說他自我選擇了這個責任，一種文學的道德責任。

作為日本文壇的驕子，村上春樹內在還是保留了相對天真謙卑的赤子之心，我們在《海邊的卡夫卡》裡，看到了他刻意將大江健三郎當作一項重要互文元素編組進來的努力。四國的森林成為小說中關鍵的場景，在那裏發生了時空交錯的

在寫作《地下鐵事件》和《約束的場所》時，
村上春樹的文學態度有了轉變，開始有清楚的社會意識。
左圖為《地下鐵事件》，右圖為《約束的場所》的日文版書封。

變化，最後在森林深處出現了玻璃屋，這不會是偶然的安排。那個時間消失的玻璃屋，那個神靈所在之處，不是四國的自然環境所給予的，而是另外一個重要的文學心靈——大江健三郎——所賦予的。

而大江健三郎，卻是一個對於戰爭、戰爭記憶、戰爭責任始終念茲在茲的人。他用向大江健三郎致敬的方法，來處理他過去文學世界當中最巨大的一塊空洞。在這裡，村上春樹繞道四國的森林，聯絡上大江健三郎，更間接的聯絡上了戰爭與戰爭記憶，這也是我們閱讀《海邊的卡夫卡》不能不察覺的書寫意義。

沒有解釋的問題

《海邊的卡夫卡》分成單數章與雙數章，有兩個不同的主角。除了十五歲的少年田村卡夫卡之外，同等重要的是中田先生。中田先生和一般人很不一樣。他不識字，小時候原來是個好學生，可是後來卻無論如何學不會認字了。他腦筋不好，經常告訴人家：「中田腦筋不好，所以……」。還有，他能夠和貓說話，甚至和貓說話比和人說話容易。不過發生了一件奇怪的事，將兩隻貓救回來後，他突然變得沒辦法和貓說話了。另外，他有一點預見未來的特別能力，他還會讓天上像下雨一般降下螞蝗和活蹦亂跳的魚。

中田先生很特別，特別到我們不會將他視為寫實的人物。不過反正村上春樹寫的從來都不是寫實小說，所以我們在意的不是這個人真實不真實，而是這個人是否有趣，用各種不同標準衡量，中田先生當然都是個有趣的角色。

在所有中田先生的特殊之處中，有一點我們不能忽略，那就是他的影子比別人淡一半。不只是他，佐伯小姐也是，他們的影子都比別人淡。然而《海邊的卡夫卡》書中卻從頭到尾沒有解釋，為什麼中田先生和佐伯小姐他們的影子比別人淡。村上春樹在書中沒有寫，但我卻很有把握可以告訴大家為什麼。

因為他們都曾經去到一個世界，那個世界的門口有一個看守的門房，門房住的地方到處亂七八糟，唯一擺放整齊的只有一堆他自己打造的刀子。那些刀子很鋒利，也很漂亮，整整齊齊地放在那裡。進入那個世界最重要的儀式，就是必須和自己的影子分離，影子會被那位門房用那又銳利又漂亮的刀子切下來，然後影子就被留在門房那邊，沒有了影子的自己進入到那個世界。進入那個世界，影子就變成了人質，被留置下來，必須付出和影子分開的代價。

我不知道各位讀《海邊的卡夫卡》時，有沒有碰到困惑、不能理解的地方？

例如，中譯本下冊第兩百九十頁，田村卡夫卡進入森林世界後，他遇見了十五歲的佐伯小姐，他們有這樣一段對話。田村卡夫卡先開口問：「妳記得圖書館的事情嗎？」他指的是他們在圖書館相遇的事。十五歲的佐伯小姐回答：「不，不記得。圖書館很遠。在離這裡相當遠的地方。可是這裡沒有。」他又問她：「有圖書館？」佐伯小姐就說：「嗯，但是那個圖書館裡面沒有放書。」他又追問她說：「圖書館沒有放書，那放什麼呢？」對話卻在這裡戛然而止。因為他和佐伯小姐在圖書館裡相遇，所以他自然問起圖書館，那為什麼還要提到在森林世界裡有圖書館，但圖書館沒有放書的事呢？

在那個森林世界中，一再被提及的話題，是「記憶」。佐伯小姐回到這個空間裡來，特別對田村卡夫卡說：「你離開，因為我要記得你。」這中間有一段話談到在森林世界中，時間不重要，記憶也不重要。佐伯小姐說：「我們有另外的方法處理記憶。」

這些在《海邊的卡夫卡》小說裡面都沒有解釋，就這樣飄過去。這就是村上春樹，他不怕你看不懂，這是他的自信。一方面，小說中的哲學概念對村上春樹來說，遠比一般的戲劇性情節重要很多。為了表達這些抽象概念，他不是那麼害怕、那麼在意被讀者誤會。他必須冒這個險，才能在小說中裝填這些內容。另一方面，村上春樹覺得關於這些，他已經說過了，不需要在《海邊的卡夫卡》裡重新再說，都已經寫在他的另一部長篇小說《世界末日與冷酷異境》中。

二、世界末日與冷酷異境

從互文的角度看，《世界末日與冷酷異境》非常地重要。小說原文書名叫做《世界の終りとハードボイルド・ワンダーランド》，這是很古怪的書名。前面的「世界の終り」與其說是「世界末日」，更精確的譯法應該是「世界終點」。當我們說「世界末日」，會浮上來的想像通常是一切都毀滅了，現在看得到的這些東西全部都不在了，那是「末日」。對於一個有信仰的人來說，他的「世界末日」可能接近於最終審判日，或是彌賽亞再臨，人類得到救贖。

「世界末日」總覺得和毀滅和救贖有關。然而這不是村上春樹要描寫的，他寫的是世界的「盡頭」，世界的「終點」。什麼時候世界會走到盡頭？那就是時間不見了，時間在這裡消失了；世界仍然繼續存在，但是沒有時間了，這樣到了終點，不會再往前走了，這是前半書名主要的意思。

書名後半呢？「ハードボイルド・ワンダーランド」，這是用片假名譯寫的英文字，是hard-boiled wonderland。能將這兩個字譯為「冷酷異境」，已經很了不起了，不過畢竟還是傳達不了hard-boiled的典故來源。

美國有一種流行的通俗小說，叫hard-boiled detective story，我們一般將之稱為「硬漢偵探小說」。村上春樹當然熟悉這種「硬漢偵探小說」，他翻譯過這種類型小說代表性作家瑞蒙・錢德勒的小說。錢德勒的名作《漫長的告別》（*The Long Goodbye*）前幾年在台灣重新出版，新版和舊版最大的不同，就是新版多了一篇日文譯者的〈後記〉。中文譯本收錄日文譯本的〈後記〉，而且還將那篇〈後記〉譯成中文，這是不太尋常的事，其實原因很簡單，因為那位日文譯者、也就是這篇〈後記〉的作者是村上春樹。

Hard-boiled是什麼？最鮮明的印象，就是煮到全熟全硬的水煮蛋，那就是hard-boiled的。用中文俗話說，這個詞應該是「死狗不怕滾水燙」，類似那樣的意象。對於一顆在水中反覆浮沉浮沉，水深火熱中一再翻滾過了的心靈，生命還有什麼好在意的，還會對任何事情，不管是悲是喜，感到大驚小怪的嗎？

最早的偵探小說是英國人寫的。英國的偵探，從夏洛克・福爾摩斯（Sherlock Holmes）到赫丘勒・白羅（Hercules Poirot）[1]都聰明絕頂，都很安逸，帶著不真實的浪漫色彩。美國的作家達許・漢密特（Dashiell Hammett）和瑞蒙・錢德勒他們針對這種浪漫偵探，寫出一種相反的典型。他們筆下的偵探飽受生活折磨，通常有酗酒的習慣，身上到處是過去遺留的傷口，他們看過、經歷過水深火熱的折磨。他們不是因為比別人聰明所以成為偵探的，而是因為他們對於邪惡、對於犯罪，有著比一般人更多的理解，從自我生命經驗來的理解。

福爾摩斯那樣的神探和犯罪者不在同一個世界裡，他們高高在上，像是從三十三樓上看下去，一切都看得清清楚楚，看見了在地面掙扎的人看不到的全貌，所以他們成為了神探。那是一種對待罪惡的觀點，俯瞰的觀點。但硬漢偵探（hard-boiled detective）不一樣，他們看待罪惡的角度，就是村上春樹寫《地下鐵事件》時特別強調的，「地對地」的觀點。這些硬漢偵探和犯人處於同一個地面上，和犯人在同一個社會的同一個層次上，因而他們能夠看透罪犯。但是要作一個這樣的偵探，先得見過、經歷過許多黑暗，必定渾身是傷，必定付出過很龐大的生命代價，他們才會精確了解人心最黑暗的部分。

在hard-boiled後面，村上春樹接上了wonderland。Wonderland也有典故，文學史上最有名的wonderland，是《愛麗絲夢遊仙境》（*Alice in the Wonderland*）。大家熟悉的「迪斯奈樂園」，最早叫做Disney Wonderland，後來才縮寫成為Disneyland，也是源於愛麗絲掉進去經歷各種奇幻經驗的那個Wonderland。Wonderland就是愛麗絲跟隨一隻兔子進入的奇怪地方，突然之間她的身體變大了，突然之間身體又變小了，她嚇得哭起來，不小心自己的眼淚就淹成一座游泳池，一些羽毛濕掉的動物跳出來……。這就是wonderland，一連串奇怪事情串起的幻境。

「冷酷異境」的幻境

村上春樹《世界末日與冷酷異境》書裡的內容也就明白地分成「世界末日」和「冷酷異境」兩大部分，依照單雙數的章節輪流出現，單數章寫「冷酷異境」，雙數章寫「世界末日」。

整本書一開始出現的，就是一座巨大的電梯。依照小說裡的描述，那個電梯比房間還要大，像是一個大型辦公室般放了很多東西，但偏偏就是沒有平常電梯一定要有的東西，包括去哪一層樓的按鈕或顯示現在在哪一層樓的標誌。更神奇的是那電梯在移動，但電梯裡的人卻弄不清楚它到底是在上升還是下降。所以進了這個電梯之後，你不會知道電梯門什麼時候要打開，門開了之後你也不會知道自己到了哪一層樓。

一開頭刻畫的就是一個幻境。和愛麗絲掉進去的老鼠洞差不多，與現實之間有著很大的距離。那個敘述者「我」進入電梯，出了電梯碰到一個不說話的女孩，帶他經過一條奇怪的路程，去見了一個奇怪的教授，然後那個奇怪的教授給了他一份工作。那份工作對小說裡，對wonderland幻境裡的敘述者「我」而言，很正常很自然，但對我們來說卻再奇怪不過。

他做什麼工作？他有一種本事，自主地分開左腦和右腦，將人家給他的資料輸入右腦，運用他自己不明白的原理原則，讓資料變成一組訊號，然後再將這組訊號洗到左腦去，從左腦裡再把改變之後的訊號洗出來。

這是最神奇，而且最不可能被破解的密碼設置法，連設密碼的這個人自己都不了解密碼轉換的公式。訊號進入到他的潛意識，以自己無法控制的潛意識運作規則，從右腦進去，從左腦出來。因為他自己都不知道大腦運作的程序，他就沒有機會洩密，別人更不可能破解了。要解碼，只有一個辦法，再將訊號從他的左腦進去，洗回右腦還原出來，將整個順序逆反進行一次。

做這種工作的人叫做「計算士」。圍繞著這奇怪的職業有些奇怪的糾纏。和「計算士」對立、對抗的，有另外一個職業團體叫做「記號士」，「記號士」總是想盡辦法要偷由「計算士」封存起來的密碼，兩邊不斷地爭鬥。幻境中的敘述者因為接了教授給他的工作，就被捲入「記號士」和「計算士」的糾葛中。

過程中又牽涉到他手上拿到一個神奇的獨腳獸頭骨，引來了更複雜的追逐。有一天他家裡來了兩個人，兩個看起來讓人不舒服的人。先是客客氣氣卻不清不楚地將要講的話講完了，接著突然問他說：「你這屋子裡面有什麼東西，如果被破壞了你一定會覺得很可惜的？」他想了想提到西裝、皮夾克、電視，於是其中一個高頭大馬的人就將他的皮夾克從衣櫥裡拿出來，切成碎片。又把他的電視給砸了，然後花半小時的時間把他屋子的東西全都砸爛，房間一下子成了一團廢物堆。這裡我們又看到了最典型的村上春樹式角色，自己的房子被砸了，這個敘述者「我」覺得莫名其妙，但也就無可奈何地接受了。「好吧！人生有時候就是這樣，有人就這麼樣跑到你家裡來，把你的門給拆掉，把你整個家給砸爛。」

後來他跟隨著那個不說話的女孩，進入到一個地下的神祕空間裡。那塊地下空間和東京複雜地下鐵網絡相連接，但又比地下鐵複雜得多，在那個空間裡有永遠看不見光線的黑鬼，還有會不斷上漲的水。經歷一段莫名其妙的冒險，他回去找到了那個教授，教授用我們勉強可以理解的方式對他說明了事情的來龍去脈。

這是「冷酷異境」，還真蠻冷酷的，同時也真的有許多水深火熱的煎熬遭遇。從頭到尾，這傢伙沒碰到什麼好事。

「世界終點」的街區

另外一邊呢？那個「世界末日」或「世界終點」又是怎麼一回事？

雙數章的開頭，是一個擁有許多利刃的門房。敘述者「我」剛剛來到「街區」，要進入之前，門房就告訴他：「你必須和你的影子分開。」影子被切開了，在分別之前，影子對他說：「你不可以放棄我。」他對影子說：「我沒辦法，我只能暫時把你留在這裡。」

影子切開之後，他進入到這個神祕的街區。街區外面圍著一道很厚很厚、很高很高的城牆，只有鳥可以飛過去。敘述者抵達神祕街區時是秋天，街區內能夠進出城門的只有一群獨角獸。獨角獸在秋天長出金色的毛，很漂亮。

敘述者「我」進入街區後，被安排去圖書館。要他負責在圖書館「讀夢」。那是一座沒有書的圖書館。或許大家還有印象，《海邊的卡夫卡》中，在圖書館出現的佐伯小姐也提過一座沒有書的圖書館。在那座圖書館裡，本來應該放書的架子上，堆放著一個一個已經乾燥、曝曬成白色的獨角獸頭骨。圖書館裡面有一個女孩，協助、引導他去「讀夢」，就是將獨角獸頭骨放在面前，用手去摸，透過碰觸頭骨的手指傳來很多雜亂的訊息、夢的訊息。日復一日，他坐在圖書館裡，拿來一個一個頭骨，讀藏在頭骨裡的夢，讀完了，再換另一個頭骨。

這個「世界終點」的街區裡，有一座風力發電廠。敘述者「我」和圖書館的那女孩一度去到了這個風力發電廠，碰到了一個人在那裡管風力發電機。《海邊的卡夫卡》書中，田村卡夫卡穿越森林，進到另一個世界，在屋裡遇見了一個女孩——年輕時候的佐伯小姐——幫他做飯。屋子裡有一台電視，電視上播映的是《真善美》（*The Sound of Music*）。田村卡夫卡覺得很奇怪，為什麼會有電視，而且電從哪裡來呢？年輕時候的佐伯小姐就告訴他：「因為這裡有一座風力發電廠，怕剛進來的人不適應，所以應該給他一個電視，讓他看到可以適應為止。」

風力發電廠在「世界終點」街區的樹林裡。可是街區的管理者告誡大家不可以隨便進入樹林，因為裡面住著一些奇怪的人。什麼樣的奇怪的人呢？小說逐步揭露，你和你的影子分開後，到了冬天，因為陽光薄弱，影子就會愈來愈衰弱，影子會愈來愈淡，淡到一定程度，影子就死了。你的影子死了，它被埋起來，你就在那個世界裡變成一個沒有影子的人。跟隨著影子被埋下去的，還有你的心，所以當你的影子死了之後，你也就沒有心了，沒有heart，也沒有mind。敘述者在「世界終點」的圖書館裡碰到那個女孩，她就是一個沒有心的人。

沒有心的人，這又是另外一個的典故，源自於《綠野仙蹤》（*The Wizard of OZ*）裡的鐵人。一個人沒有了心，一方面有一種悲哀，同時又有一種安靜。有一天早上他發現下雪了，然而外面卻有一群老人在挖洞。一個人先開始挖洞，沒有人問他，你為什麼要挖洞？也沒有人覺得奇怪。他們就是過來看看，然後將外套脫下來，一起去挖洞。沒有打算到底要挖多大的一個洞，沒有想到底挖這個洞要做什麼，挖了一會兒他們就停了，然後大家就走了。

敘述者「我」看不懂這是怎麼回事，就問他隔壁那個經常和他下棋的上校。上校告訴他：「就是這樣子啊！這個世界最特殊的地方，沒有事情是有目的的，所以你不會失望，當然你也沒有期待。你做任何事情，那件事情就是如此。」挖洞不是為了什麼，就是挖洞。所以它沒有前後文，沒有脈絡（context），也沒有連結（connection），所有事物都這樣片片段段存在的，所有人都這樣片片段段安詳地存在，絕對不會有爭鬥，不會有嫉妒，不會有我們人世間所感受、所想像的任何壞的東西。

處理記憶的特殊機制

在那裡的人，他們如此單純，因為他們沒有心，因為他們沒有跟隨心最重要的一種東西，或者讓心變成可能的最重要的一種東西，那就是「記憶」。他們只有片段短時間的記憶，沒有長時間的記憶。

「在這個世界，他們有另外一種方式處理記憶。」這句話原原本本在《海邊的卡夫卡》裡出現過，也是年輕時候的佐伯小姐告訴田村卡夫卡的，「這裡沒有記憶，我們有別種方式處理記憶。」如何處理？有心的人，記憶存在心裡，那麼沒有心的人就讓獨角獸把記憶給吸收進去。獨角獸會吸收每一個人的記憶，藏在它的頭骨裡。獨角獸在秋天的時候長金色的毛，冬天時，毛色開始變白，接下來，獨角獸就在冬天裡一隻一隻死去。死去的獨角獸被那個門房拿去燒掉，所以整個冬天街區聞到的都是燒獨角獸屍體的味道。燒完以後，記憶就留在獨角獸的頭骨裡。

一顆一顆獨角獸的頭骨被送進圖書館，如果有新來的人進入街區，因為他還沒有完全適應這個世界，他的心還沒有完全消失，就派他們去「讀夢」。「讀夢」不是去理解人曾經有過的記憶，而是將那最後僅存的記憶，藏在獨角獸頭骨裡的記憶，釋放出來。他每摸過一顆獨角獸頭骨，就釋放了一堆不規則的、缺乏具體意義的記憶，將之放出來，也就是將之完全消滅了。

多麼驚人的想像，想像出這樣一個系統，這種處理記憶的方法。「世界終點」街區應該就是《海邊的卡夫卡》那個森林世界的原型。

早在一九八五年，村上春樹出版《世界末日與冷酷異境》，他就描寫了一個「沒有記憶的世界」了。後來他在《海邊的卡夫卡》裡再度將這個世界叫喚出來，事隔二十年了。他真是一個沉穩且堅持的作者。二十年前好不容易在小說中建構了這麼精巧的想像世界，二十年後又用在新的作品裡，換成其他作家，必定唯恐人家不知道這兩者間的呼應關係。村上春樹不然，他只是輕描淡寫地提到了風力發電機，提到了樹林，只給這些很有限的暗示，聽憑讀者自己去解讀這層互文關係。

「世界終點」和四國的異時空森林，高度相似。在那裡的人是沒有記憶的，他們缺乏沒有我們一般理解的「心」與感情。《世界末日與冷酷異境》小說中最後解釋了「世界終點」這個街區到底怎麼來的？為什麼會存在這樣的奇異空間，想要進一步了解《海邊的卡夫卡》的人，都應該去讀讀。

兩本小說中沒有記憶的空間，有些許的差別。第一、《世界末日與冷酷異境》的那個空間是被城牆圍住的，到了《海邊的卡夫卡》，那個空間則是被森林包覆的。第二、《海邊的卡夫卡》的這塊世界有很麻煩才能到達的入口，所以才需要像桑德斯上校一類的奇怪角色，協助發現那個入口。這入口很重要，如果回頭讀了《世界末日與冷酷異境》，會更明白為什麼要有這樣一個複雜、麻煩的入口。

另一個世界的入口

藉由和《世界末日與冷酷異境》的對照閱讀，我們可以補上《海邊的卡夫卡》小說本身沒有明白記錄的背景。小說中有兩個角色，曾經穿過了那個入口進到另外一個世界，可能在入口還沒有關閉時，他們又出來了，回到我們的世界。這兩人一個是中田先生，一個是佐伯小姐，所以他們的影子都比別人淡，因為他們影子已經死了一半了。

他們為什麼會進去？他們進去做什麼？在《海邊卡夫卡》小說中，入口打開過兩次。第一次是中田不小心跌進去，那個過程在老師寫的那封信中，有完整的揭露。包括她進入山林前的夢境，激烈的性交，還有經血，那被視為擁有某種特殊魔力的東西。從這裡我們可以歸納入口打開的特殊條件。

第一是戰爭，戰爭所帶來的死亡陰影。第二是愛情，而且是非常激烈的愛與性，在死亡的影響或死亡的籠罩下，戲劇性的激烈愛情。第三是如同真實一般的夢境，這在老師的敘述裡說得很明白。她在夢中經歷了現實上從來沒有經歷過的肉體關係。為什麼如此？因為夢裡疊上了死亡的陰影，死亡的陰影使得原來的愛情或原來的慾望，以一種戲劇性的方式極端化了。本來應該是老師會在這些條件湊泊的情況下進入另一個世界的，但卻陰錯陽差地由不小心發現了老師經血的中田，代替老師掉進去了。

第二次則是為佐伯小姐打開的。佐伯小姐所愛的那個男孩，原來坐在海邊畫中的那個男孩，莫名其妙死了。最幸福的愛情，一夕之間，在沒有任何價值、沒有任何道理的情況底下終結了。這次入口打開和中田掉下去那次的共同條件是：死亡及強烈的愛情，因為死亡而格外強烈戲劇化的愛情，產生了和現實一般，甚至比現實更真實的夢。夢就牽涉到佐伯小姐的歌，以及那一幅以海邊為背景的畫。

從小說中給的線索，我們可以自己整理出發生了的事。因為佐伯小姐強烈的思念，愛情、死亡跟夢這三個元素就在神祕的狀況下湊在一起，將入口打開了，於是佐伯小姐進到那個她不應該進去的，沒有記憶與心的世界。進到那一個世界做什麼呢？「去尋找終止時間的方法」，她希望在那裡找回她的愛情。不過這種違逆自然的方法最終只能帶來悲劇。以小說中沒有說明的方式，佐伯小姐從那裡出來了。依照希臘神話的說法，她曾經進入海底死人的世界，回來之後，她的影子比一般人淡了一半。換句話說，她的心也隨著影子死了一半。

村上春樹所寫的，其實是極度複雜的小說，複雜到照理說不該擁有那麼多讀者。有多少人會耐心地去解開他纏繞的這些結呢？不過就算大多數讀者不曾如此認真地去整理、去思索，都還是能在他的小說中感受到一種氣氛，一種「愛情神話」的氣氛，即使他們不一定能夠講得出來，不一定能夠講得清楚。

村上春樹寫的，是一則一則的「愛情神話」。如果從「愛情神話」的角度來看的話，我們對於田村卡夫卡為什麼要進入那個世界，會有不同的理解。讓我們先想想：依照前兩次的經驗，那麼在什麼情況下，入口會第三度打開？為什麼入口又開了，讓田村卡夫卡進去，後來還讓他出來？而且為了要讓他進去，那個腦筋不好的中田先生，還要一路從東京跟隨著到四國來，協助打開入口，為什麼？

要解答這些問題，其中一種方式，是去村上春樹之前的其他作品中尋找線索。我們前面解釋了村上春樹的互文系統如何牽涉希臘悲劇、卡夫卡和大江健三郎，然而這個互文系統中最龐大的一塊，畢竟還是牽涉到他自己的作品。要了解入口第三次打開的意義，我們或許可以試著到《發條鳥年代記》裡去找找。

三、發條鳥年代記

用「愛情神話」的標準來衡量的話，《發條鳥年代記》是最強烈的「愛情神話」。一個人下到井裡，自願穿越一個充滿未知與危險的世界，只是為了挽回愛情，最簡單地來說，《發條鳥年代記》講的就是這樣一件事。

村上春樹六十歲時，出版了《1Q84》，先出了兩冊，大家馬上猜測應該還有第三冊，因為宣傳上明明說《1Q84》會是村上春樹創作以來「最長的作品」，但是算算那前兩冊，篇幅並未超過《發條鳥年代記》。《發條鳥年代記》是原本村上春樹作品最長紀錄的保持者。

《發條鳥年代記》有多長呢？你們知道、讀過《國境之南·太陽之西》吧？《國境之南·太陽之西》原本是《發條鳥年代記》的第四部，獨立出來變成一本完整的書，但《國境之南·太陽之西》獨立出去了，《發條鳥年代記》本身都還有三大冊。

另外，《發條鳥年代記》另外一項重要性在於它預示了村上春樹離開《挪威的森林》的轉折。村上春樹在日本文壇崛起，進而風靡日本以外的地區，《挪威的森林》扮演了關鍵角色。光是在日本，《挪威的森林》至二〇〇九年再刷時，單行本加上文庫本的累積總印量，超過了一千萬冊。

受傷結痂又受傷的生命

村上春樹在那部小說中塑造了一種特別角色原型。這個角色原型有一部分來自美國的「硬漢小說」，前面解釋過的hard-boiled detectives。「硬漢」的生命是結了厚痂的生命，他滿身是反覆傷痕，傷了流血了，結痂，結痂又脫掉，脫掉之後又受傷……。這一種人展現在表面最特別的特質就是，nothing surprises him，他看過所有的東西了，沒有任何事情會嚇到他，他從來不大驚小怪。即使是他從來沒碰到過的事情，他也不會大驚小怪。「硬漢」的心其實是麻痺的，曾經被太多東西刺傷，他要活下去就只能夠讓他自己麻痺。村上春樹的角色裡有一種特殊的「硬漢」特質，雖然他們身上似乎沒有那麼多的傷口。

《挪威的森林》裡的渡邊君，也沒有任何事能讓他驚訝。這是村上角色的原型。《世界末日與冷酷異境》這部小說之所以能夠成立，也就建立在主角少根筋的特質上。敘述者「我」帶著少根筋的天真，什麼都聳聳肩接受，也就自然阻止了讀者追問：「怎麼可能有這種事？」。因而許多如果出現在別人的小說中，必定會被讀者唾棄的情節，最俗濫、最戲劇性誇張的情節，在村上小說中也就統統都被容忍了。

因為那個經歷這些事的人，他自己就都接受、都忍受了啊！陌生人把他的家徹底砸爛了，他都沒有衝動非得弄清楚自己到底哪裡得罪了這些人，他就是接受，沒有任何衝動。沒有衝動要多知道一些什麼樣事情，更重要的，沒有任何的衝動要去抵抗什麼樣的東西。

村上春樹的小說有一個關鍵字，是「通過」，很多事發生在主角身上，但他總是覺得那些事是「從他身上『通過』」，他是被通過的東西，別無選擇地被通過了就被通過了。

我們有時候沒有辦法忍受很戲劇性的情節，因為很難進入角色的情緒裡，畢竟不是我們自己遭遇到那樣戲劇性的狀況。角色在那裡呼天搶地，我們卻很容易覺得疏離，或覺得「真的會有這種事嗎？」在村上春樹的小說裡，他的主角不會呼天搶地。女朋友死了，他就覺得：「唉！人生反正總是會出現這種事啦，我也沒辦法。」這件事「通過」他了，他只不過是被這件悲劇「通過」的媒介而已。我們反而比較能接受這樣的情緒吧！

然而，村上春樹的小說創作是有轉折的。《世界末日與冷酷異境》這個相對早期的作品中，那個敘述者「我」不管在「冷酷異境」還是在「世界終點」，他都一樣，反正讓各種現象從他身上「通過」，很怪的事情，但他也沒辦法怎麼樣。但在這小說中出現了「影子」。那主角本來是想算了，也沒辦法，該讀夢就留在這個世界裡讀夢吧。是影子一直拜託他，是影子一直說：「我們走，我們走吧，我們逃出去，讓我們兩個可以重新再結合在一起。」是他的影子要逃出去，不是他。

1赫丘勒・白羅　英國小說家阿嘉莎・克莉斯蒂（Agatha Christie）筆下偵探小說中的主角。

第九章
永遠的少年精神

十五歲剛進入青春期，正是要建立自我的關鍵年紀，
決定自己究竟要變成一個什麼樣的人。烏鴉反覆地說：
「你要做一個全世界最強悍的少年」，這句話有特殊的力量、特殊的吸引力。
希望我們回到那樣的少年精神，勇敢自己決定人生的路向，別拿命運當藉口。
這正是村上春樹透過《海邊的卡夫卡》真正要對他的讀者訴說的核心主旨。

一、不能對邪惡沉默

真正重要的變化發生在《發條鳥年代記》，而且是一種自覺的變化。《發條鳥年代記》裡的主角是岡田亨，他也是一個退縮冷漠的人。小說一開始時他在律師事務所當助理，覺得不太想做，但繼續做下去也沒關係，又是這樣的態度。是他太太叫他不想做就不要做了，所以他離職了待在家裡，每天做三明治啊，煮義大利麵啦。他是一個冷漠、退縮、孤獨，和這個世界沒什麼關係的人。

在他身上發生了奇怪的事情，他也無所謂。例如說他太太在意貓不見了，叫他去找貓，他才發現，對喔，貓不見了。他不是不愛貓，其實他跟貓很要好。可是貓不見了，「唉！這個世界就是這樣，貓就是有時候會不見嘛。」然後有莫名其妙的人，永遠在大庭廣眾之前戴紅色帽子的人來找他，對他說了一堆莫名其妙的話。他的反應也同樣，「這世界就是這樣子，總有人莫名其妙戴著紅色帽子說一堆莫名其妙的事。」

一直到他太太消失了。他的第一個反應還是：「這真的是一件難受的事，但這種事情也是會發生的。」小說如果繼續這樣寫下去，那就變成了另外一本《挪威的森林》，他會記得這個女人在他生命裡面留下什麼樣的，淺淺的，但是他會忘掉的紀念。不過《發條鳥年代記》不是，《發條鳥年代記》所記錄的就是這個男人岡田亨，依照他自己的個性本來很容易可以接受，也準備要接受他太太離開他。他太太的哥哥出面告訴他說：「我妹妹有外遇，所以她要離開，她跟你在一起六年，你這個人反正一事無成，所以她找到別的男人，跟別的男人走了，你就算了吧。」甚至他太太還寫了一封信，告訴他說她如何和別的男人上床，如何在別的男人身上發現從來沒有過的強烈性慾。

依照他原本的個性，又碰到這樣不堪的事，他有十足理由就接受，讓它「通過」。然而在過程中，他開始發現不對勁的現象。第一、他隱約覺得已經離開他的太太在呼喚，要他去救她。第二、透過一些神奇的連結，故事拉到滿州，牽扯到日本人與俄羅斯的戰爭，他進入了另一個世界。那個世界和《海邊的卡夫卡》、《世界末日與冷酷異境》裡時間停止的世界不一樣。那個世界很小，一座飯店裡面的一間房間，一個神祕的女人待在那裡。在這個房間發生很多奇怪的事情，包括他太太的哥哥隨時可能會闖進來。從原來的世界進到那個房間，要經過一段不在他控制範圍內的旅程，而往那裡去的入口藏在乾掉的古井底下。

在所有現實條件看來都應該說服他放棄時，他卻選擇下到古井裡，努力想要進入那個世界去救他的太太。那是完全不一樣的小說，雖然還是一個「愛情神話」，但這個神話的主題卻是極古老的「英雄救美」——「進入另外一個世界去拯救你所愛的人」。《發條鳥年代記》本質上就是這樣的一篇神話。就算必須要進到另外一個世界，去面對完全沒有勝算的黑暗勢力，明明有充分理由讓岡田亨逃避，他卻沒有逃，勇敢地去救他太太。

邪惡力量的象徵

這和《海邊的卡夫卡》有什麼關係？

其中有一個問題，我們將《海邊的卡夫卡》從頭到尾讀完，似乎都沒有辦法回答，而且是個蠻重要的問題。那就是小說裡的父親究竟是什麼？被殺掉的父親是什麼？小說中給了兩個版本，一個版本是中田先生為了救貓，殺了吃貓的心的Johnnie Walker。另一個版本是田村卡夫卡從神社後面出來，身上沾染了血。不管是中田先生或田村卡夫卡殺的，那父親死了。

但為什麼他應該被殺？為什麼這個父親始終被當作是邪惡的象徵？小說從頭到尾沒有告訴我們這個爸爸究竟是如何的邪惡。小說對媽媽佐伯小姐有很多描述，但爸爸呢？只有大島先生問起時，田村卡夫卡簡單地說：爸爸是個藝術家，他身上有很可怕的東西。可是到底是怎麼可怕法呢？

村上春樹逃避了這個問題，或許出於小說技巧的嚴重疏失，或他心裡的強烈抗拒，他沒有好好處理父親問題？是這樣嗎？

或許不是。《海邊的卡夫卡》書中有一個很奇怪的段落，既不是單數章也不是雙數章，一個沒有章節編號的段落。這一章裡烏鴉使盡牠所有的力氣阻擋Johnnie Walker。依照中田先生的故事，Johnnie Walker象徵、代表的就是父親。藉著不給數字凸顯這一章，是要表明：田村卡夫卡之所以必須進入另外一個世界，其中一個很重要的理由，是為了阻擋這個邪惡的父親，不讓他進去。邪惡的父親想要進去，田村卡夫卡就藉入口開啟的瞬間，當他現身時將它消滅。

那一段很累人也很恐怖的情節，就是中田先生死了，留下星野先生一個人去對付那個不知道的東西。星野先生這時候成了烏鴉的代理，也是田村卡夫卡的代理，是他們兩個人合力做完了這件事。但那噁心黏稠的東西是從哪裡來的，邪惡的力量是從哪裡來的？我們要回到《發條鳥年代記》裡才找得到。

將兩本作品對照在一起讀，整理其中很多相呼應的象徵，我還蠻有把握可以說：《海邊的卡夫卡》對於邪惡的沉默，不對邪惡進行描述，是因為之前在《發條鳥年代記》裡已經講過了。《發條鳥年代記》裡，邪惡力量的代表是岡田亨太太久美子的哥哥。這人是誰？這人有什麼重要性？他是一個擁有政治世家身分，即將要繼承舊有政治勢力崛起的政治明星，他經常在電視上講一些沒有人能夠反駁，聽起來很有道理的話，具備能夠蠱惑眾人的本事。

村上春樹在書中並不是正面地、現實地寫這個人身上的邪惡力量，他繞了很大一圈去寫，繞到滿州，繞到與俄羅斯的戰爭，再者繞到日本歷史上面最黑暗的一段——軍國主義的興起與奪權。久美子的哥哥，進而對照來說，田村卡夫卡的爸爸，都是日本式家父長（patriarchy）的代表。家父長、家父長主義正是軍國主義的源頭。他們擁有自己不能解釋，但卻完全相信的真理信念。他們甚至不需要對自己解釋為什麼這樣是真理，卻充分相信他所想的就是真理，這是人間最邪惡的力量。

在《發條鳥年代記》這部小說中邪惡力量構成具體的威脅——一個煽動者

（demagogue），煽動的政客即將崛起，他在日本社會的聲望愈來愈高，支持度愈來愈高，參與議員選舉獲得壓倒性的勝利。電視上隨時是他，雜誌上隨處是他，他是一個新興政治明星。而他利用政治明星光環在宣傳的，卻都是一些無法自圓其說的空洞言詞，這真是件恐怖的威脅，對於社會的威脅，帶著過去軍國主義的陰魂。

岡田亨要去解救太太久美子，關鍵就在他有沒有勇氣面對這項邪惡，有沒有辦法對抗這項邪惡。於是在另外一個世界裡，他具體地感受到他用球棒，一支有來歷有典故的球棒敲碎了一個人的頭顱，同時間，在這個真實世界，久美子的哥

哥腦中風，送進到醫院時已經昏迷不醒了。

《發條鳥年代記》小說中有一段寫的是終戰滿洲國的混亂。一群軍官學校的學生要逃亡，怕在路上被抓，當然不能穿制服，除了制服之外，他們有的就只剩棒球隊的隊服，所以他們穿著棒球裝拎著球棒，假裝要去哪裡比賽地上路了，途中他們就用球棒打死了日本士兵。球棒顯然帶有強烈反對軍國主義日本的意味。

追究逃避者的責任

村上春樹藉這兩本小說傳遞的訊息很清楚。他認真地在追究逃避者的責任。為什麼會有這種邪惡力量？因為太多人像原來的岡田亨一樣，認為反正這個世界就是會出現這種事情。一旦你逃避面對，這項邪惡的力量就會愈長愈大，進而綁架了愈來愈多的人，控制了愈來愈多的事，也就看起來像是無敵的了。

岡田亨和田村卡夫卡在生命中必須處理的是同樣的問題。人家告訴他、一般常識告訴他，這是你無法抵抗，這是命運，這是無敵的力量，邪惡的力量包藏在如此光明金黃的外表下，你能拿什麼去對抗？

村上春樹絕對不是一個黑暗、悲觀的人，雖然他常常寫很多黑暗的現象。他要傳遞的是那麼清楚、清楚得令人驚訝的訊息：如果你決心要抵抗，就總能找出方法來讓你自己變得強悍，即使必須要進入到另外一個世界，也會有一些奇奇怪怪神祕的力量會來幫助你。岡田亨身邊有一些很莫名其妙的人在幫他，有那個戴紅色帽子的人，後來還有一個過氣的服裝設計師身邊帶了一個不會講話的兒子，兩人永遠穿著無從挑剔的完美衣裝。這些神祕、奇怪的人沒有辦法代替你去面對根本的挑戰，然而只要你有足夠的勇氣願意去對抗，他們就是會跑出來幫助你。

田村卡夫卡也一樣，他碰到大島先生，而且還有遠從東京跟隨他到四國去的中田先生在幫助他。中田先生在路上，又遇見了星野先生，星野在幫助中田先生時找到了自己生命的目標。星野先生在高知市走進一家咖啡館，裡面正在播放著貝多芬的《大公三重奏》，店主人跟他解釋了曲名中的「大公」，魯道夫大公，是貝多芬的主要支持者，星野因而領悟到，像貝多芬這種天才身邊也要有人幫忙，像魯道夫大公那樣的角色，也是不可或缺，且意義深遠的。

二、藏在輕盈裡的沉重

我希望這樣說聽起來不至於太嚴肅、太說教：對照《發條鳥年代記》和《海邊的卡夫卡》，我們發現村上春樹就是要進入到別人以為與他無關的「戰後第三代」的關懷領域裡去。他要用自己的方法去反省什麼是「日本人的戰爭責任」。日本人的戰爭責任中最可怕的，村上春樹在小說展現出來的，那是將父親、家父長、軍國主義，都視為命運，不可質疑，也就不質疑、不對抗，正因為那麼多人的逃避，以命運為藉口，才讓軍國主義的邪惡力量製造了那麼大的毀滅。

我不是說這兩部小說只在寫軍國主義。我只是希望既然村上春樹認真地編織了那麼多互文，那麼我們也應該相對認真地一一讓這些互文成為閱讀經驗的一部分，讀出互文背後關於軍國主義與戰爭責任的訊息。

村上春樹不願或無法用直接的風格討論這些問題，只有將它們藏在互文中才能呈現。但他還是很努力、很精巧地呈現了。歷史、軍國主義、戰爭責任、個別與集體的社會責任，這些都明明白白在那裡呈現。這些看起來比較像是鈞特・葛拉斯（Günter Grass）會討論的題材，都在村上春樹的作品裡面。一般印象中以為村上春樹的作品很輕，尤其相對於葛拉斯的沉重。但村上春樹是很複雜的，他的沉重藏在表面的輕盈裡。

每次讀村上春樹的作品，我腦袋裡最自然浮出來的象徵是蜘蛛。他就像一隻蜘蛛，一直織一直織，要編織成一個很密很密的網。如果我們安全地停留在網子外面，就只看到細緻精巧、賞心悅目的一面網子；可是一旦你真正進去了，在那網子裡，被網子緊緊黏住，那不再是輕鬆的、事不關己的，而是掙扎著都出不來，被抓住了的感覺。

如何進入那個網中，就是靠認真看待他的互文線索。進入網裡，你會感受到他對那個父親的恐懼，對父權的恐懼，對那個軍國主義邪惡的描寫，可能比鈞特・葛拉斯的作品帶來更大的震撼，因為更切身。你感受到那份邪惡，而不只是知道而已。

村上春樹不同於大江健三郎，大江有他公開明白表示的政治態度，村上卻從未直接寫現實政治。還有，村上也從來沒有正面地描寫自身生命記憶與戰爭間的關係。他幾乎從來不談他的家世背景，尤其不談他的父親。到現在為止我們沒有辦法透過村上春樹這個人，作為一個人而不是作為一個小說家的部分去理解他和他父親的關係。這是很陰暗，也是村上春樹堅決保守不隨便透露的一塊領域。另外，中國也是他不輕易揭露的一塊領域。當他在小說中碰觸到戰爭時，他寫的都是滿州國，因為以滿州國作為題材可以碰觸軍國主義，但不需要碰觸中國。

我一向主張看待戰爭責任時，應該在自己精神能夠負荷的情況下，盡量避免用簡化的方式來討論。到我們這一代，已經沒有了直接的戰爭仇恨記憶了，或許也就可以不需要那麼直接單純地從自我立場出發。過去，在巨大的仇恨之下，看到有人對戰爭記憶保持沉默，不提自己在戰爭中做過的事，我們自然將之解釋為那是罪行的延續，因為他沒有公開認錯。然而若是對於集體心理的認知與理解稍微複雜一點，或許可以不這麼直接簡單地來看待對錯。

回到那樣的少年精神

對於日本與德國戰後的態度，有一種簡單的對照。一般認為德國人是好榜樣，對戰爭進行了應該的懺悔，也將奧許維茲集中營留下來，記取戰爭的罪惡教訓。相對地，日本人一直不認罪，講到第二次大戰，他們就講廣島原爆，將自己刻劃為人類史上唯一的原爆受害者，所以他們也是戰爭受害者，如此掩飾了作為加害者的身分。

但如果我們深入去理解，就會曉得，這種態度並不會讓日本人比德國人好過。日本人付出的代價，是他們急速的轉向，趕緊和戰爭過去告別，採取一種截然相反的立場，來規避戰爭責任。他們沒有悔罪，而是直接背叛自己的過去，瞬間轉過來，將過去的敵人當作朋友，不，甚至是當作偶像來崇拜。

德國人沒有這樣。他們沒有轉向崇拜美國，沒有對西方戰勝者卑躬屈膝，他們壓抑著自己對於戰爭失敗的痛苦，不斷面對指責、不斷悔罪。日本人卻是突然大轉彎，想要否定、甚至改寫記憶，最後這種否定、改寫本身變成了另一個讓他們尷尬的記憶，幾十年來，活在這種多重記憶扭曲的環境裡，能好過到哪裡去呢？

村上春樹用他自己的複雜文本，一直面對著日本社會如此扭曲的心理環境。不過他的複雜，卻往往以一種天真的方式表現出來。例如，《海邊的卡夫卡》的主角，是一個十五歲的少年，將那麼複雜的世界糾纏藉十五歲少年的痛苦與冒險與自我砥礪、自我追尋來表現。

田村卡夫卡只有十五歲，一部分來自於小說說服力的考量。他承擔的詛咒是弒父娶母，考慮到「娶母」這部分，顯然他的年紀不能太大。我們可以想見如果讓這個主角三十歲，他媽媽大概要有五十五歲，那麼「娶母」的情節將會給小說帶來許多閱讀上的障礙與抗拒。讀者比較容易認同愛上四十歲女人，而不是五十五歲女人的情感吧！

十五歲剛進入青春期，正是要建立自我的關鍵年紀，決定自己究竟要變成一個什麼樣的人。烏鴉反覆地說：「你要做一個全世界最強悍的少年」，這句話有特殊的力量、特殊的吸引力。

而且這種少年精神，或說少年情境貫串了書中其他角色。我們看到佐伯小姐回到了十五歲。中田先生一直沒有從小時候的意外中歸返正常情況，他無法正常學習，他停止成長了，停留在少年心態中。就連莫名其妙被捲進來的星野先生，也在過程中進入了這種少年情境。

一個卡車司機怎麼會被海頓、貝多芬的音樂感動？這樣的情節可信嗎？當然可信，如果他被喚醒了十五歲時的少年精神，那時候一切尚未定型，他還沒有確定自己非如何不可，他還在好奇地摸索中，只要那樣的好奇與勇氣被叫喚出來，他當然可能在海頓、貝多芬的音樂中得到啟悟，那和他後來成為卡車司機、成為中日隊球迷的身分，是完全不相干的。

希望我們回到那樣的少年精神，勇敢自己決定人生的路向，別拿命運當藉口、當擋箭牌。——這聽起來很說教，但這是村上春樹透過《海邊的卡夫卡》真正要對他的讀者訴說的核心主旨吧！

附錄

自由的追求與逃避

——讀村上春樹的《約束的場所：地下鐵事件II》

一九九五年三月，日本東京爆發驚人的「地下鐵沙林毒氣事件」，整整兩年後，村上春樹採訪了六十二位受害者，排比他們的證言，出版了《地下鐵事件》。完成《地下鐵事件》後，村上春樹接著又進行了對事件兇手——奧姆教的採訪，一共訪問了八位曾經加入奧姆教團的人，把他們的自白描述，也編集起來，就成了這本《約束的場所：地下鐵事件II》。

從形式上看，我們可能會對這本書作出兩個重要的預設判斷。第一是這樣一本書，它的內容主軸是對奧姆教的認識與理解。奧姆教的存在與運作，是個既存的事實，尤其村上春樹採取了忠實記錄這些奧姆教徒思想、意見的方式，在這裡面，既沒有了可供小說家虛構揮灑的空間，也沒有了小說家介入參與改造內容的機會，所以這樣一本書，我們可能最難找到村上春樹的個人色彩。對於那些因為著迷於村上春樹獨特文字風格及神祕慵懶世界觀人生觀的讀者們，尤其是不在東京不在日本沒有親歷過地下鐵事件衝擊的台灣讀者，恐怕很難對這本書產生強烈、緊密的認同。

第二項判斷則是從前一本《地下鐵事件》延續下來，我們預期這本書裡的村上會節制自抑地扮演聆聽者與記錄者的角色，而盡職的聆聽與記錄，前提條件就是必須懸止自己的價值批判。我們會以為：村上將讓奧姆教徒自己發言，村上不表明也不發表自己對他們所作所為的看法。

「地對地」的觀點

從淺層表面看，這兩項判斷不能算錯。村上春樹在〈前言〉裡，就很誠懇地說：「我的工作是聽取人們的談話，將所談的話盡可能化為容易閱讀的文章。」「深入去分析對方精神的細部，乃至對他們立場的倫理，或理論的正當性加以種種評斷，並不是這次採訪的目的。有關更深入的宗教論點，或社會意義的追究，我希望能在別的地方由各個領域的專家去評論。那樣應該會比較確實。和這成為一種對比，我在這裡想要試著提出的，畢竟是從『地對地』觀點所看到的他們的姿態。」

換句話說，村上小心翼翼地不讓自己擺出高人一等的姿態。不讓自己流露出「你們怎麼會那麼壞那麼邪惡」的高姿態；也不讓自己流露出「你們怎麼那麼笨那麼蠢，如此荒謬的事竟然也會相信」的高姿態。不管是哪一種高姿態，無疑都會喪失「地對地」的視角，也就看不到村上想要揭露的奧姆教的真相了。

畢竟，村上春樹之所以脫離小說家的身分，陸續去採訪沙林毒氣事件的受害者及奧姆教徒，不正是因為日本的媒體、知識界，找不到「地對地」的觀點？在重大事件產生的迫切感影響下，在習慣性的傲慢態度支配下，別人都在還沒弄清楚事實、感受之前，就先急著要解釋要評斷了。村上對這樣的現象深感困惑與不滿。

不管在《地下鐵事件》或是《約束的場所》書裡，我們都看到過受訪者表示：「像今天這樣能好好聽我們說話的採訪，以前就從來沒有過。」證明了村上春樹的確認真做到了「地對地」的謙虛體諒的承諾，要不然也不可能從受害者與奧姆教從那裡，挖掘出那麼多深入、深刻的內容。

不過藏在這樣表層底下，在《約束的場所》中被彰顯出來，大放異彩，進而改變了整本書性質與意義的，是這種「地對地」角度的另外一種可能性。

村上與奧姆教徒間的共同處

當村上春樹以「地對地」的態度平等接近這些奧姆教徒時，他得到了一個一般日本人幾乎不可能具備的問題意識。其他人在面對奧姆教恐怖而邪惡的罪行時，基本反應除了由上而下道德位階的輕視與鄙薄之外，就是設定這群人和自己的純然異質性。大部分的日本人無法接受奧姆教徒在麻原彰晃指使下到地下鐵散放沙林毒氣濫殺濫傷無辜的罪責，因而連帶覺得如果發現這些人和自己竟然有任何相似雷同的地方，彷彿自己的生命都會被那不可原諒不可逼視的邪惡所污染侮辱了。

所以他們看這些人，只會看到和自己最不一樣的部分，壞的部分。用這種眼光看去，為了保護自己不至於被牽連被污染，奧姆教徒非得是一群怪物不可。

然而從「地對地」出發的村上春樹，卻很快感受、並且承認了自己與這些奧姆教徒們的相似處、相通處。用他自己的話說：「我和他們促膝交談之間，不得不深深感覺到小說家寫小說這種行為，和他們希求於宗教的行為之間，有一種難以消除的類似共同點存在。其中有非常相似的東西。這確實是真的。」

這是個了不起的突破。村上春樹竟然在奧姆教徒，這些其他日本人避之唯恐不及的怪物身上，看到和自己的相似性。而且相似的源頭，不是任何瑣碎無聊的行為，是雙方都視為生命當中意義創造的核心力量——奧姆教徒的宗教追求，以及村上春樹的小說寫作。

從這個突破開始，《約束的場所》於是有了一個潛藏貫串在各章零星生命故事底下的主題主調。更重要的，村上春樹先承認了自己與他們的相同處，反而才能準確地察覺出，自己和他們最關鍵的歧異點。

村上春樹發現：自己和這些奧姆教教徒，同樣感受到與日本這個集體化社會，如此格格不入。日本，尤其是以前的日本，存在著強大的「多數機制」，用各種顯性或隱性的獎懲手段，逼迫在那個社會裡成長的個人，接受多數價值、多數意見。「多數機制」強大罩頂的情況下，可以想見，作為「少數」，不願或無法融入多數群體的人，命運就很淒慘、坎坷了。

在奧姆教徒身上，村上春樹看到了自己青春期與社會「多數機制」衝突、齟齬的過去。這當然得要歸功於村上認真執行了「地對地」的採訪原則，以及他作為小說家對個體的尊重與好奇，他總是先從受訪者的身世背景耐心問起，才能發掘出別人和「多數機制」的不愉快經驗。

逃避與追尋

村上顯然認為，奧姆教徒會出家投身在教團裡，一個重要因素是，他們的自我無法在既有的家庭、社會組構下獲得伸張。奧姆教徒們在教團裡找到的，對他們具有最大吸引力的，就是他們遇見了其他同樣不能忍受、不能適應「多數機制」的人。原本在「多數機制」逼擠下，覺得自己如此孤單，必須孤零零忍耐周遭歧視、指責的眼光，而且幾乎相信了：自己是怪物，無法融入多數，都是自己的過錯；這樣的人竟然有機會遇到其他「夥伴」，心理上的溫暖與解放，可想而知。

當村上說：「小說家寫小說這種行為，和他們希求於宗教的行為之間，有一種難以消除的類似共同點存在」時，他也就揭示了他自己小說經驗的主要核心。

小說之於村上，也是一種逃避與追尋的辯證統一。追尋真實自我可以發揮發展的機會，也就意謂著必須逃離日本教育體制以及日本集體社會價值的控制。突然之間，我們更清楚明瞭了：剛出道剛成名的那幾年，村上春樹為什麼反覆地強調，他幾乎不曾受到日本文學，尤其日本小說傳統的影響，他對這個傳統極度陌生；我們也更清楚明瞭了，為什麼有很多年村上一直拒絕被視為「很日本」的作家，也對別人在他作品裡看到找到的「日本性」，表示高度懷疑與保留。

村上的文學路數，的確是取徑歐美。他對於歐美文學典故的熟悉程度，遠高過任何日本事物。他流暢進出西方名詞的風格，編造出了一種獨特的異國情調，也就構成了早期作品風靡日本的主要條件。然而在《約束的場所》裡，村上春樹才進一步檢討、揭露藏在這種風格背後的存在性理由：他是為了擺脫日本集體性才遁入小說閱讀與寫作的世界的，難怪會對牽扯到日本的質素，如此避之唯恐不及。換言之，如果小說還寫出了「日本味道」的話，對村上而言，就成了最大的失敗與挫折，表示必須要靠拒斥逃避日本多數價值才會浮現的村上自我，沒有真正建立起來。

這一點，挑戰、改變了我們前面提到的第一個形式評斷。《約束的場所》以奧姆教徒為主角，卻意外地表露了最多村上春樹性格與寫作的內在線索。

追尋反而製造了逃避

《約束的場所》揭露的還不只這些。正因為也經歷了同樣受拘束受壓迫到急於撞出自我與自由的生命過程，村上春樹無可避免察覺到這些奧姆教徒的巨大矛盾。在訪問狩野浩之時，村上說：「因為我是小說家，所以跟你相反，我認為無法測定的東西是最重要的。」訪問稻葉光治時，村上講得更明白了：「我想知道的是，在奧姆真理教這個宗教的教義中所謂自己到底是設定在什麼樣的位置？在修行中到底把自己託付給師父到什麼程度，在什麼範圍內是由自己個人在管理的？我跟你們談過話之後，這方面還沒有弄得很清楚。」

比對書中其他內容，我們可以感受到，「這方面」是不可能弄得清楚的，因為整個奧姆教最大的問題，至少從村上的角度看，就出在這裡。

這些人來到奧姆教團，原本是為了要尋找自我，伸張他們在世間「多數機制」下沒有辦法開拓的自由。可是一旦進入奧姆教團裡，他們卻服從於教主麻原彰晃的意志下，一切聽從教主的，反而更沒有自我與自由。這的確是個最大的矛盾。

如何解釋這個矛盾的產生與維持存在？村上春樹雖然沒有明講，我們倒不難從書裡的八篇告白裡，得到答案。

答案一是，奧姆教對他們而言，該發揮了一種置換替代的自由的功能。他們自己個人無法取得的自由，就投射在奧姆教團上，奧姆教團對抗日本社會所取得的自由，於是就被他們轉化內化為自己的自由追求成就。他們在這裡面得到雖曲折卻實質的滿足。

從這曲折投射中，我們也可以看出：這些會參加奧姆教、留在教團裡的人，對於靠自己的力量對抗社會、對抗「多數機制」，其實是缺乏信心的。他們不願屈服於「多數機制」之下，但他們又沒有勇氣試著去做個孤單的少數。奧姆教給了他們另一個選擇——參加一個集結了許多同樣適應不良的人，靠這個團體的力量，來爭取自我與自由。

然而奧姆教本身形成另外一個「集體」。更嚴重的是，追求自我與自由一旦投射轉折，很容易就掉入另一種威權的陷阱，到最後，奧姆教徒錯覺：如果代表、象徵奧姆教的教主麻原彰晃獲得了不受社會「多數機制」管轄的自由與自我，那麼他們自己也就分享了這種自由的成就與榮光。如此錯覺下，麻原的行為愈古怪愈任性，反而愈能鞏固其教主地位與重要性。

我們還可以得到的第二個答案，則是：即使教徒們開始感受到教團裡的異常情況，因而不安因而懷疑，他們也很難下定決心來脫離奧姆教團。他們無處可去。在教團外面，是他們早就認識、早就無法忍受、讓他們飽嘗折磨的由「多數機制」掌控的社會。那個社會，他們格格不入；那個社會的主流不接納他們，總是給他們青白眼。留在教團裡，至少周遭互動的還是同樣被社會多數拋擲出來的畸零受害者。

奧姆教的催眠效應

他們因為懼怕那個多數社會，而離不開奧姆教團。因為離不開，也就半自願半強迫地接受各種合理化教團教主古怪、任性的說法。奧姆教團與麻原教主擁有兩項最強有力的合理化催眠說法。一種是「終末意識」，從十六世紀預言家諾斯特拉丹姆斯（Nostradamus）的著作裡找到：一九九九年整個世界即將滅亡的預示。如果一切都要走到終點，人還能做什麼？翻回來看：如果一切都要結束了，那麼能夠改變、挽救這個終末困境的努力，不管怎麼荒謬奇怪，都是可以接受的了。畢竟這是絕望中唯一的希望，畢竟反正一切終將毀滅，就算殺了人，被殺的人到終末日時本來也是要被徹底毀滅的。

還有另一種催眠力量來自「密宗金剛乘」（Tantra Vajrayana），這是佛教中最講究神祕法術，也最強調「方便」的一支。為了修行、為了達到「解脫」，有時候必須接受「方便」法門，在目的正確的前提下，手段的正當性也可獲得保證。

這兩種一般人不太可能輕易接受的合理化藉口，在教徒們不敢、不能離開教團的心理背景下，就被內化成為他們的自我價值。或者應該說：成為他們自我價值的廉價代替品，成為他們逃避自由、放棄自由的交代。

領悟了這一點，我們也就必須調整對《約束的場所》的第二項形式判斷。村上雖然「地對地」體貼傾聽了奧姆教徒的心聲，然而在記錄、呈現的同時，他也對他們進行了堅定而嚴厲的批判。

對奧姆教的三項批判

書中所收的和河合隼雄的對話錄裡，村上這樣說：

我想寫小說和追求宗教，重疊的部分相當大。……不過不同的地方在於，……自己能夠自主地負起最後責任到什麼地步呢？明白說，我們以作品的形式可以自己一個人承擔下這個責任，不得不承擔，而他們終究必須委任於師父或教義。簡單說這是決定性的差異。

這一差異，非同小可。以這決定性差異作起點，村上和河合進而在他們的對話裡開展了至少三個更具普遍性意義的批判。第一是批判奧姆教團及類似宗教對「惡」的概念。「把善與惡截然分成兩邊，說這是善，這是惡，弄不好的話可能會很危險。如果善要驅逐惡，那麼會變成善不管做什麼都沒關係。這是最可怕的事情。」

第二個批判是奧姆教團及類似宗教所提供的「速成覺悟」。不必經過長遠的思考與困惑掙扎，竟然就得到了超越性的真理。用河合隼雄的話來說是：「悟得太快的人，他們的悟往往對別人沒有幫助。反而是那些經過一番苦難花了很長時間煩惱『我為什麼沒辦法悟呢？為什麼只有我不行呢？』最後才悟的人，往往比較能幫上別人，擁有相當煩惱的世界，依然能悟所以才更有意義。」

這兩項批判合在一起，才產生了河合的另一個建議：「不管組織也好家庭也好，我想某種程度還是要認真去思考要怎麼樣一面容納惡、一面活下去，想一想該怎麼去表現，怎麼樣去包容下去。」

麻原彰晃就正站在這個具體世間建議的對面。他提供快速的救贖，同時提供給教徒自命為善來摒除、隔絕惡的一種傲慢姿態。在這個善惡分離、善來消滅惡或解救惡的故事裡，麻原教主自己就成了善的代言人，善的化身，以及善的權力使者。

村上與河合的第三項批判，正是：「麻原所提出故事的力量，已經超越他自己本身的力量。」「故事所擁有的影響力已經超過那個說故事者的影響力，使那說故事的人自己也成為故事的犧牲品。」

這三項批判，尖銳指出了奧姆教徒把責任推給教團教主，無法像小說家一樣自己承擔的真相。而這三項批判，也超越了對奧姆教與地下鐵沙林毒氣事件的分析，觸及了不同社會人類運用宗教權力時，基本的詐騙、墮落與腐化本質。

這本書書名《約束的場所》，其實是英文*The place that was promised*的翻譯。村上春樹在扉頁引用了斯特蘭德（Mark Strand）的詩，最重要的應該是這幾句：「這是我睡著的時候，／人家承諾給我的地方。／可是當我醒來時卻又被剝奪了。」村上春樹所捕捉到的，就是奧姆教團原本許諾要讓教徒們獲得自我與自由，然而最後卻比誰都更殘酷更徹底地剝奪了他們的自我與自由，這樣的一場背叛悲劇。

（原收入印刻出版《在閱讀的密林中》）

用隱藏來訴說

——讀村上春樹的《神的孩子都在跳舞》

《神的孩子都在跳舞》出版時，不管是日本或台灣的媒體談起這本書，都說是「村上春樹寫了一本關於地震的小說」。

這樣的說明不能算錯。的確，這本小說集裡一共六篇作品，每篇都以不同的方式提到了阪神大地震。對於親歷了那場地震的日本，或是也遭受過九二一地震襲擊的台灣，會先讀到有關地震的印象，毋寧是滿自然的。可是重點在：村上春樹到底用什麼態度什麼方法來書寫地震？地震在這六個故事裡到底扮演什麼角色？或者換一個方法問：地震對村上春樹究竟具有怎樣的存在的或思考上的意義？如果說《神的孩子都在跳舞》是一個答案，我們能不能從這個答案反推出干擾、困惑著村上春樹的問題究竟是什麼？

面對集體災難的無奈

這次村上的書沒有給我們太多除了小說本文之外的線索。沒有作者自序、沒有後記、沒有文庫本慣常會有的「解說」。勉強能夠找到的只有全書最前面兩則引文。一則引自杜斯妥也夫斯基的《惡靈》，沒頭沒尾莫名其妙的三句話：「『麗莎，昨天到底發生了什麼事？』『發生的事已經發生了。』『那太過分，太殘酷！』」另一則引自高達的電影，一位女子聽到廣播裡報導越戰中越共死了一百一十五人時，忍不住慨嘆：「無名的人真可怕啊。」「只說游擊隊戰死一百一十五名，什麼也不清楚。關於每一個人的情形什麼都不知道。有沒有太太小孩？喜歡戲劇還是更喜歡電影？完全不知道。只說戰死了一百一十五人而已。」

我們不可小看、忽視了這兩段引文，尤其如果將這兩段引文和村上春樹之前另一本以社會事件為題材的作品——《地下鐵事件》相對照的話，一個主題、一種理解就浮現出來了。

村上春樹為什麼捨棄了過去長期習慣的虛構小說手法，去寫奧姆教派在東京地下鐵施放沙林毒氣殺人的現實事件？因為他在地下鐵事件中感受到了一種揮之不去的殘酷與無奈，逼迫他必須以寫作、以那種方式寫作來進行驅魔，那就是：面對龐大悲劇時，人在感受感知上的局限性。

平常如果是自己的親人中有人自殺，我們不只會受到自殺這個行動的衝擊，我們還會清楚地感受到這個人，活生生的人，突然消失不見了。我們會由經驗與存在本體上，不斷回憶複習這個人的容貌、行為、喜好，以及一切的細節。我們悲傷、難過，因為就是確確實實這個人的死去，帶來給我們的匱乏、損失、傷害。

或者說社會上哪個小學生被綁架被撕票了。我們不認識他，也不認識他的父母，然而我們一樣可以感受到這個人、這個家庭。他們的形象會在一片紛紜混亂的資訊中浮凸出來，強迫我們去逼視，強迫我們為這特定的小孩、特定的家庭難過、痛心。

然而像地下鐵事件就不一樣了。那麼多人同時遇害，災難是集體的。無可避免地他們的個別身分、他們的個別性（individuality）就被事件的整體性、集體性掩蓋了。我們不是不知道，他們來自不同背景、是完全不一樣的人，純粹巧合在同一時間同一地鐵車站被毒氣襲擊，我們知道的。可是在事件的喧鬧中，我們就是不可能去感受到，我們無能為力。

或者像阪神大地震。數千人的生命瞬間同時殞沒。不管我們怎麼努力挖掘報導，我們就只會記得只能意會到那「數千人」空洞的抽象的集體概念，甚至愈是挖掘報導，愈是空洞抽象。因為人的感官認知，就是沒有可以容納幾千個「個別性」的空間。

對於「地震論述」的質疑

從這個角度看，村上春樹藉著《神的孩子都在跳舞》默默地對我們熟悉的「地震論述」提出了抗議質疑。那樣的「地震論述」只會使我們感受不到地震對每個人真正的影響。雖然地震是集體的、社會性的災難，然而真正的傷害，除了災禍、死亡之外，還有一些是極個人、極細微的。

《地下鐵事件》和《神的孩子都在跳舞》的共通性在這兩本書都試著去「個別化」（individualize）集體龐大災難。不過這兩本書嘗試達成這個目標的手法，卻截然相反。《地下鐵事件》利用敘述（narrative）來揭露；《神的孩子都在跳舞》卻利用敘述來隱藏，或者說，利用隱藏來達到以敘述、語言表達的悲哀與傷懷。

幾乎每一篇小說都有一件最重要最核心的事，作者選擇了不要告訴我們。換句話說，村上春樹違背了一般小說寫作上作者與讀者間的基本默契，他只是營造塑建起濃厚的氣氛，讓我們知道小說故事牽涉到一個祕密、一個關鍵的未知之謎，可是最後小說卻戛然止於祕密與謎依然沒有揭露之處。

〈泰國〉這篇小說裡，尼米特帶畢月去見巫婆般的老女人，老女人說畢月的身體裡有石頭，未來會夢見一條蛇。接著寫到了盟青和尼米特去喝咖啡，畢月向尼米特坦白她有一個從未對人說過的祕密，她對尼米特說了個開頭，尼米特就打斷她，不要她說下去，尼米特說：「我了解妳的心情，不過一旦化為語言，那就會變成謊言。」所以那個一旦化為語言就會變成謊言的祕密，一直到小說終局，不只尼米特不知道，我們也不知道。

〈神的孩子都在跳舞〉這篇小說裡，貫串全書背景的祕密，是善也這個小孩到底怎麼來的；而浮顯在情節裡現實的謎，則是善也在電車上遇到、一路跟蹤的那個人，到底是不是他生父。祕密和謎，村上都不肯給我們解答。他讓那個被跟蹤的人無聲無息消失在一座棒球場裡，什麼線索都沒有留下。

〈UFO降落在釧路〉更是充滿了被隱瞞沒有揭示的情節。故事每個重要轉折點小說裡都不解釋。小村的妻子為什麼會看了地震的報導，就決定離開小村？讓小村離開東京去到北海道釧路的理由，同事佐佐木託他帶去的小盒子，裡面裝了什麼？為什麼在佐佐木的妹妹旁邊，會莫名其妙多了一個叫島尾惠子的女孩？我們統統都不知道。因為村上都沒有告訴我們。

作者可以不說

作者可以這樣嗎？作者可以濫用敘事權力到這種地步嗎？把他應該知道，他明明知道的，與小說關係重大的事實，自作主張地隱瞞起來？

決定作者可以擁有多大權力，其實取決於讀者對作者有多強烈的信任。作者如果冒犯了讀者，使得讀者不再信任，他就失去了讀者。這才是最根本的作者／讀者關係。

村上春樹最神妙的本事，就在於掌握讀者的認同與信任。所以他可以在〈青蛙老弟，救東京〉裡，讓片桐一回到自己的公寓房間，就發現有一隻身高兩公尺以上的巨大青蛙在他等。村上的讀者，不會看到這隻荒謬的青蛙就嗤之以鼻把書丟掉，他們信任村上，暫時中止常識判斷，跟隨片桐及青蛙進行一場既英勇又悲劇的東京保衛大作戰。

所以讀者也願意接受村上敘述中一再的隱瞞。藉由隱瞞、藉由不說出來，村上一方面個別化了地震的影響，讓受地震驚駭的經驗具體呈現；另一方面得以在語言無法明白達致的深處，提醒所有人：不管有沒有親人朋友命喪地震中，我們其實都脫離不了地震的傷害，地震改變了我們生命中某種感受某種習慣，這發生了的事就已經發生了，無法否認也無法復原，因而真是「太殘酷了」。

（原收入印刻出版《在閱讀的密林中》）

村上春樹與音樂

雖然明知是事實，還是很難想像村上春樹今年六十歲了，離他出版《聽風的歌》也剛剛好三十年。

在我的閱讀印象中，村上春樹總也不老。面對他變成一個「花甲老翁」的時間顯像，我必須認真檢討一下，為什麼會那麼難以接受村上老了的現實？

不光只是因為他跑馬拉松，而且才剛出版一本談馬拉松的書《關於跑步，我說的其實是……》，更關鍵的應該還在村上春樹寫作的風格，以及寫作的內容。從《聽風的歌》讀下來，三十年間村上春樹的小說作品，維持了驚人的一貫性，小說的主題，尤其是小說的人物角色，前後相唧，彼此呼應。

三十年來，村上小說裡的主角——男主角，維持了清楚明確的特性。他們都和外面的世界保持一定的距離，弄不懂為什麼這個世界會這樣，然而同時卻又懶懶地不去弄清楚。他們都在追尋著些神祕的目標，偏偏那些他們無法停止追尋的東西，永遠模糊曖昧，更麻煩的，永遠說不明白，對自己說不明白，當然更不可能讓別人了解。他們只能在迷霧中帶著一個不能放棄的念頭持續走下去，懵懵懂懂地經歷所有奇怪的事。

一個個黑洞般的生命

小說裡那些經歷的奇怪程度，與主角的慵懶懵懂形成最強烈的對比，卻也就產生了村上小說最迷人的風格。那些男主角一個個都是巨大的生命經驗吸收機，一次次吸收了各種風暴、各種折磨、各種感動與各種吸引，那些對別人而言應該是刻骨銘心、永誌難忘並且必定會徹底改變個人生命的經驗，被他們「就這樣」吸收進去，幾乎絲毫沒有改變他們的迷茫與迷糊。村上小說裡不斷傳達出來，不斷讓讀者驚訝的，正是主角一次又一次以無奈卻不求甚解的態度看待身邊發生所有的事。

那些事！有時是神祕的電話，有時是電視裡跑出來的小人，有時是具體動物形象的羊男或青蛙大哥，有時是女性主動獻身的性愛，有時是黑道般的人闖進來把房子徹底砸爛，有時是被搬運進完全陌生的時空，有時是世界即將毀滅的災難……。村上筆下的主角碰到了，沒有太興奮、沒有太害怕、甚至沒有太疑惑，「就這樣」接受了。

村上寫出了一個個黑洞般的生命。所有的經驗一碰到他們身上，就被吸進去了，吸收再多，黑洞般的生命本身幾乎沒有什麼變化。他們還是那樣無可無不可地過著。

老實說，如果拿掉了這種慵懶態度的主角，村上春樹的小說看起來會很驚悚很誇張，甚至灑狗血到了荒唐的地步。看看性愛場面就好了，或真或幻，總是有女人一再主動樂意地跟村上小說男主角上床，那種頻率那種簡單的程度，幾乎可以媲美「〇〇七」通俗小說。然而，不同的地方就在，村上的主角絕對沒有龐德那種沾沾自喜，沒有男性征服的炫耀，他往往只是莫名其妙、被動地接受了。

這樣的角色，跟我們身邊的人，都很不一樣。不過我們會在他們身上，讀到一種天真，甚至是一種拒絕長大的固執。無論發生什麼事，他們不願意認真去理解這個世界，如此他們才能繼續活在自己的世界裡。那種拒絕長大、拒絕去弄懂現實的堅持，應該是讓他們成為經驗黑洞的根本原因吧！

那種拒絕長大、拒絕去弄懂現實的堅持，或許也正是村上小說最吸引我們的地方。在我們的潛意識中，一邊讀著村上小說，一邊有個自己聽不到的聲音訝異著：「什麼！碰到這樣的事，你都還可以不認清現實，被現實改變？」潛意識中，我們被這樣的天真，對於天真的終極固執保護深深感動了，因為我們內在，也曾經、或持續存在過這樣的天真。

村上小說為什麼能直接對我們的潛意識說話，跳過了意識的防衛排斥？或者換個方式問：為什麼他的小說不會因為那樣虛幻荒誕的情節，引起我們閱讀上的反感，為什麼這麼多讀者不斷地耽讀他一本又一本的作品，無法抗拒？

我的答案會是：因為他創造出來的角色，從頭到尾具備同樣的性格與習慣，村上賦予他們的生活描述，鋪排、暗示了他們的特殊夢幻感、夢幻態度。

音樂形塑村上春樹的角色

他們的現實那麼不現實。沒有辦法適應「正常」的上班環境，他們從一般人的軌道上游離出來，他們自己下廚做出帶有強烈異國風味，卻又是如此理所當然的三明治和義大利麵，然後喝啤酒和威士忌，最重要的，永遠都在聽著各種音樂。如果把這些元素，尤其把音樂從村上的小說裡拿掉，很簡單，村上的小說角色就不成立了，進而村上的小說就不成立了。

不誇張的說，三十年來村上寫的，從頭到尾只有一個主題——煮義大利麵、喝酒、聽音樂、總是聽著音樂的男人，在世界上的奇幻旅程。

村上有效地說服我們相信：這樣的人，煮義大利麵、喝酒、聽音樂、總是聽著音樂的男人，跟現實保持著一種距離，因為他們的日常生活中，就有著習慣性的脫節，他們擁有自己的步調，和自己的世界。

音樂用這種方式進入村上的小說，而且形塑了村上筆下的角色。即使在最具體最現實的時光遭遇中，他們隨時可以跟著音樂，進入另一種狀態裡，他們不只聽音樂，而且對音樂有著強烈且自我的感受，音樂是他們抗拒現實最重要又最自然的武器，不管外面發生什麼，聽音樂、聽進音樂的剎那，他們就和現實隔離開了，透過音樂意義的篩截，用跟別人不一樣的眼光，看待對待現實裡發生的事。這樣他們才能一直保有天真，不被現實牽扯進去，不被現實改變。

能寫出這樣的角色，力量必然來自村上本身和音樂的密切關係。在《給我搖擺，其餘免談》的〈後記〉裡，村上說：「我最初的職業並非文學，而是音樂。」他指的不只是寫出《聽風的歌》之前，以開爵士咖啡館維生的事，更重要的，應該是他對音樂的感應，來得比文學還早、還強烈吧！「大學畢業後沒打算上班，考量過該做什麼之後，我就開了一家爵士咖啡館。當時開這家店的動機很簡單，還不就是為了能從早到晚聽音樂。雖然以現在的眼光來看實在是傻得可以，但當年的我以為人生就是這麼單純。」村上如是說。

對於單純人生的信念

從《聽風的歌》裡的敘述者「我」，到《挪威的森林》裡的渡邊，一直到《海邊的卡夫卡》裡的烏鴉少年，如果他們自己可以選擇，選的路應該也是不上班去開一家爵士咖啡館吧！經過這麼多年，村上骨子裡還是覺得「人生就是這麼單純」，不同的是，他知道了現實裡有諸多力量侵擾、考驗這樣單純的人生，於是他在小說裡一方面大張旗鼓地誇張展示那些討人厭的力量，另一方面又讓飽受侵擾、考驗的主角，總是維持著對於單純人生的信念。

也就是維持著對於音樂高度的感應，享受藉由音樂感受超越現實的快樂。「只要是好音樂我就絕不錯過，碰到真正出色的傑作更是會為之感動。有時這種感動，甚至還為我的人生帶來了明顯的變化。」村上說。

所以在《海邊的卡夫卡》裡，卡車司機星野先生在四國高知市的街上亂逛，進到了一家咖啡館，聽見了貝多芬的《大公三重奏》，那是「真正的傑作」，音樂帶來的直接感動狀態下，他從咖啡館主人那裡知道了魯道夫大公與貝多芬的關係，突然間，他意識到在這個世界上，像大公這種人的價值，他們在天才、做大事的人身邊，幫助他們，讓他們省了許多困難、許多掙扎。那一刻，星野先生的生命意義改變了，同時也就改變了搭他便車的中村先生，乃至少年田村卡夫卡的命運。

音樂是現實中的夢幻，是帶領我們創造夢幻來重新看待現實的途徑，村上春樹真的如此相信、如此主張。因而，閱讀村上春樹的小說，不能不同時聆聽小說裡看似隨意提及的音樂，什麼樣的音樂，爵士、古典或搖滾，在什麼時候浮出，或許是偶然，但是藉音樂開展的天真、夢幻力量，卻再具體、再堅實、再強大不過。

一個一直如此信仰音樂、如此看待音樂的人，透過音樂用天真夢幻不斷和現實搏鬥的人，怎麼可能會老呢？

（原刊於二〇〇九年六月十七、十八日《中國時報》）

還有BOOK4嗎？

——讀村上春樹的《1Q84》

《1Q84》出版了第三冊，書末最後一段是：

「她向空中輕輕伸出手。天吾接住那手。兩個人並肩站在那裡，彼此一邊合為一體，一邊無言地凝視著浮在極近大樓上方的月亮。直到月亮被剛剛初昇的朝陽照射下，急速失去夜晚的深濃光輝，變成只是掛在天邊的灰白切片為止。」然後是括號包住的——（BOOK3終）。

村上春樹沒有寫「全書終」，只願意告訴讀者：這部很長的小說第三部到此結束了。可是，這意味著有還是沒有接在第三部後面的第四部呢？

的確啟人疑竇。因為一年前，《1Q84》剛出版，一次出了兩冊，第二冊結尾也是寫（BOOK2終），村上春樹也沒有明講這部小說結束了沒。不過，一項重要的訊息讓很多讀者，很快就猜到兩冊本的《1Q84》應該未完。村上春樹明白講過：《1Q84》是他寫過的小說中最長的一部，可是第一、第二兩冊加起來的份量，還不及他之前另一部大長篇《發條鳥年代記》，與另一部長篇《海邊的卡夫卡》在伯仲之間，村上春樹對自己作品的了解、還有他的基本算術能力，不會那麼差。

果然，加上了第三冊，《1Q84》已經成了村上最長的作品了。也因此我們無法再以這個外緣因素來猜測小說寫完了沒，只能進到文本，從文本中找線索。

文本中支持會有第四冊的理由，最強烈的是——書中留下了許多沒有解釋的事情，而且不少是很核心的主題，懸宕在空中。例如製造「空氣蛹」的little people的來龍去脈，他們又為什麼會和「教團」發生關係呢？那出現在青豆和天吾住處，堅持在門口敲門要收NHK收視費的，真的是天吾的爸爸嗎？他如何一邊躺在「貓之村」的療養院裡靜靜死去，一邊回復收費員身分去騷擾他們？這樣做的意義又是什麼呢？離開天吾住處之後，深里繪去了哪裡，她可以就這樣消失嗎？

未解釋的事情一樣重要

這些的確都是重要的問題。不過換個角度看，我們卻也不能有把握，村上春樹會為了解釋這些問題，就願意、必須寫第四部續篇。別忘了，村上春樹小說最特別、甚至最迷人的地方，正在於他對小說世界裡謎樣狀態的容忍度，比大部分小說作者，比更大部分讀者，都要寬得多。

早在二十多年前，村上就寫過小說《電視人》，裡面比正常人小三分之一的「電視人」，倏忽出現在人家家裡、辦公室，忙著搬運、裝置電視，還會突然了然一切地說出：「你太太不會回來了。」這樣的話。他們怎麼來的，後來又怎麼去了，村上春樹就從來沒有解釋過，更奇怪的，他小說中被「電視人」侵入、騷擾的主角，也從來沒有覺得需要去追究。

還有，在《世界末日與冷酷異境》中，主角進入了寒冷的另一個世界，在圖書館裡認識的那個溫柔的女孩，等到他逃離那個世界，也就被棄置在原處了，村上春樹同樣沒有告訴我們她後來的下落。

村上春樹小說中未解釋、不解釋的事情，往往和被解釋、解答了的一樣重要，如果不是更重要的話。很多不解釋、無法解釋的情節，挑激讀者的好奇與不安，有時反而特別令人難忘。尤其常見的，是與父親有關的事，小說中經常有怪誕詭異的描述，怪誕詭異到無法解釋，而村上春樹也就留著不予以解釋。《海邊的卡夫卡》書裡不也有化身成為Johnnie Walker威士忌酒標上那個人形，無情地殺著貓，最後死於中村先生手中的父親？

或許對村上春樹來說，父親最核心的形象，就是怪誕詭異而且不可解釋的？父親隨時可能作出讓兒子驚嚇且近乎絕對無法理會的事。如果父親是這樣，那麼表現、描述這樣的父親，唯一的方式就是讓父親的行為讓敘述者猜疑不透，當然也就讓讀者猜疑不透。驚嚇、疑惑，而非理解、領悟，才是村上春樹真正要傳遞給讀者的「父親意義」吧？

沒有人比他更擅長營造這種驚嚇、疑惑效果了。先讓讀者彷彿身臨其境，聽到那收費員反覆騷擾、恐嚇青豆的字字句句，再經由天吾的請求揭示了那收費員可能是天吾父親的某種魂靈存在，我們還真的嚇了一大跳，也因而推翻了之前對天吾父親的形象，原來，我們還不認識、甚至永遠無法認識這個父親。我們和他兒子一樣（或許和所有的兒子一樣？），只能和父親之間維持一種驚嚇、疑惑的被動關係。

反覆推敲的閱讀樂趣

或許，儘管有那麼多殘留的問題，村上春樹不會再寫第四冊了？不無可能。在情節上，《１Ｑ８４》最像《發條鳥年代記》，兩者都是寫男女愛情的，而且都套用了一個「英雄救美」的類型模式。《發條鳥年代記》中，是丈夫下到深黑的井裡，堅持要到另一個世界救出妻子來。《１Ｑ８４》則是青豆在那浮著兩個月亮的恐怖世界裡，堅持要找到童年時給過她僅有溫暖的同學、情人天吾，讓兩個人回到現實、安全的世界來。

而且這兩部小說，還有一個神奇的連結，就是那個其醜無比，到處惹人討厭的牛河，這個角色兩部小說中都出現了，《１Ｑ８４》的第三部，他甚至被村上提升了地位，跟青豆、天吾平起平坐，輪流提供敘述觀點。

第三冊的結尾，青豆救天吾的故事完成了，兩個世界的連結重新打開了。他們回到原來的世界，小說也就應該結束了。

但，他們真的回到原來的世界了嗎？高速公路的大看板上，那隻老虎的方向不是改變了嗎？青豆不是懷疑他們逃離了《１Ｑ８４》卻進入到另一個也仍然不是原本現實的世界了嗎？然而，就算那不是原來的世界，卻也明明確確不會是被青豆稱呼為「1Q84」的那個世界了，因而後續的事，如果有的話，應該不屬於《1Q84》，而是另外一個書名、另外一本小說了吧？

在那如果會有的後續小說中，我希望村上春樹能夠像復活牛河一般，復活《1Q84》裡的一個角色——Tamaru，他在這部小說中，尤其是第三冊中，實在太神奇了，幫忙解決了所有麻煩、複雜的問題，神奇、方便到令人不安，這個人應該值得有他自己的來歷與感受，愉悅、痛苦及困擾吧？

這些猜測，無法真正解答村上春樹要不要寫、會不會寫出《1Q84》的第四部，然而猜測的過程，卻可以帶給我們反覆推敲試驗村上小說意義的高度閱讀樂趣啊！

（寫於二〇一〇年十一月八日）

記號的反叛

——台灣的村上春樹現象

八〇年代最後幾年曾經短短地流行過一陣歷史循環論的說法。由於看到世界各地的大學校園從一九八七、一九八八年開始，擺脫了保守主義鼎盛期的平伏馴化，露出一些行動主義復活的兆象，於是有人很敏感地想起五〇年代末期，白色恐怖逐漸退潮，理想主義色彩重新登場的經過；更具歷史想像力的人，則進一步把二〇年代末經濟大恐慌前後的工潮等波瀾帶入畫面中，排比一下，得出了歷史三十年一個週期的發展律。十年保守主義、十年行動主義、再十年灰色時期。八〇年代等於五〇年代，所以九〇年代就應該會像是六〇年代的複製。

真正進入九〇年代後，這項預言反而就銷聲匿跡了。環顧周遭，似乎沒有多少事情和六〇年代真正類似。一九八八年年底，老布希在選戰中大敗杜卡吉斯，而且徹底地羞辱了自由主義。一九八九年北京天安門事件最後的結局，證明了行動主義在國家集體暴力下的無助地位。日本自由民主黨一再出現制度性的腐化醜聞，一度被社會黨逼得要上牆了，最終派系分贓，還是穩住了場面，有醜聞前科的宮澤喜一兀自登台接任首相。波灣戰爭沒有成為另一場越戰……。

倒是台灣的文學，在九〇年代表現了強烈向六〇年代回歸的趨勢；不過那可不是什麼行動主義的六〇年代，而是台灣戒嚴體制下蒼白貧弱的六〇年代。三十年前的台灣文學沒有自主的個性，三十年前的台灣文學與社會脫節，三十年前的台灣文學成為一個特定圈圈裡的少數人自戀流傳的虛假意義，三十年前的台灣文學反映著幻夢般的苦痛與移植來的呻吟……。

村上春樹在台灣的傳布

解嚴後四年多，我們九〇年代的文學竟然愈來愈在這些特質上和六〇年代靠近，這實在是一個耐人尋味的現象。村上春樹作品這兩年的譯介、流傳，可以被視為台灣文學九〇年代與六〇年代辯證移位的一個鮮明象徵。追索重訪過去，卻找不到什麼！村上春樹現象在台灣與日本有著非常不同的社會構成。在台灣，村上的作品並未以百萬冊的潮勢向社會各個閱讀層淹襲，而是特定地流傳，影響了一部分熱心文藝的新人類族群，這些讀者在人數上甚至還不足以把村上推上台灣的暢銷排行榜最前端；不過，他們對村上的接受程度卻放大地集中表現在新類型小說的寫作上。

我這裡當然不是要把這些新人類小說都歸為村上影響下的產品，而是要指出這兩者之間毫無疑問地存在著強烈的親和（affinity）；因此，深一層分析村上作品中傳達出的訊息，將有助於我們理解九〇年代台灣文學窄化、異化的現象。村上的小說中一個共同的主題是追索的過程。一個神祕的物件、行動、地方等待著小說中的「我」重新去擁有、經歷。彈珠玩具、搶麵包店及被拆除了的舊旅館魅惑著「我」回到一個過去似曾相識，然而意義不明的神話瞬間（mythological instants）。這種在線性流逝的時間中追索重訪的主題，當然不能算是村上的獨創發明。

在拉美文學中，從墨西哥作家魯佛（Juan Rulfo）的《佩德羅・巴拉摩》（*Pedro Páramo*）以降，沿此追索過程來展現特殊悲喜意義的作品數以十計。村上對這個主題的反覆運用中，真正與眾不同的是，他的主角「我」在這個過程中並沒有找到什麼。他命定必須去找，然而出發去找之前和找到之後，我們看不出什麼差別。這是對一般以尋索來串組的「啟蒙小說」（bildungsroman）最尖銳的反諷。

村上筆下氣氛十足，旅途卻顯空洞。造成這種空洞旅程效果的主因，在於村上的作品中事實上根本沒有意義賴以產生所需的「文本」（text）。或者應該說，他的文本是用各種「互文關係」（intertextuality）堆砌起來的。

在閱讀過程中，我們不斷遭逢各種參考，例如樂曲的名稱、小說的書名、商品的品牌、型號，甚至食物的描寫。這些參考背後各自隱藏了一些特別意義的「文本」，和村上自己寫的情節、人物構成「互文關係」。我們無法躲開這些「互文」的干擾去揣摩村上所要傳達的意念。

「互文」交織累積到一個程度之後，村上自己的話就完全消融在其間了。我們真正感受到其實是我們自己對這些「互文」的模糊猜想。最低層次的讀到高爾夫球場、威士忌、皮納科拉達等背後隱含的異國情調；懂音樂的可以讀到〈七朵水仙〉、披頭四及喬治男孩，懂文學的則可以思考在鄉間精神療養院讀《魔山》或愛好《大亨小傳》的現實主義者所代表的意義。這些橫豎交織卻不明說的「互文」製造了村上作品的不確定性，難怪很多人都只能用「氣氛」來形容閱讀所獲得的印象。

村上春樹作品的反叛性

在這個意義上，村上的作品是很具反叛性的，然而問題是，一追究他為什麼反叛、反叛什麼、如何反叛時，作品所能提供的卻只有失焦的空茫。這種空茫反映為小說角色幾乎宿命的共同性格。這些角色都對周圍環境抱持著一種抑鬱，可是除了一場什麼意義都沒找著的神話瞬間重訪之外，沒有別的發洩管道。更重要的，這種抑鬱並不曾嚴重到成為生活上實質的掙扎；他們在物質上不虞匱乏，沒有家庭的陰影，只是空洞地煩惱著。

把玩記號遊戲的黑暗時期放大來看，這些角色幾乎都是普遍性高度資本秩序自我異化的產物。「普遍性」意謂著將他們移到美國、台灣，只要是深植在那種秩序構成中的人物，都可能受到這種抑鬱的襲擊。他們完全把資本秩序中的各種機制內化成為人格的重要組成，然而卻又不願被投入在既有的再生產模式裡複製原來的關係。他們的強烈後期資本主義屬性，使他們無法想像另一種關係的可能，是以在厭倦了再生產趨動的反叛欲念中，他們所能找到的策略只是重組各類象徵記號，進行一場不可能有實際社會結果的記號的反叛。

沿著這個脈絡看下來，一個重要關鍵正在村上春樹對日本資本秩序完全鞏固前的最後一個真正的反叛——六〇年代末期的安保鬥爭、全共鬥，保持著徹底失望、幻滅的態度。這段六〇年代經驗，讓他完全不相信除了資本秩序外，另一種以正義、公平為最高原則的烏托邦理想存在的可能，而他這樣幻滅後在資本秩序範限下所作的記號反叛，恰巧和不曾接觸行動主義可能性的新人類世代經驗相吻合，如是使他以四十歲的「高齡」繼續充任新人類們的偶像。

台灣的歷史經驗裡，連像安保鬥爭那樣轟轟烈烈的校園行動熱潮都不曾有過，再加上長期制式教育的箝制，早就替這類空洞的記號反叛培養了豐厚的泥土。村上春樹因緣際會進入，播下了一些示範性的種子，在最近一段時間內，恐怕會繼續大量收割被張大春斥責為「不知伊於胡底的任性書寫」一類的作品。而台灣的文學恐怕無法避免再度經歷一段脫離社會，舞著反叛旗幟、實際卻玩著記號遊戲的黑暗時期。歡迎回到六〇年代……。

（原載於一九九一年十二月二十七日《中國時報》開卷版）

村上春樹年表

一九四九年　一月十二日，村上春樹出生。
一九六八年　進入早稻田大學戲劇系就讀。
一九七一年　與村上陽子結婚。
一九七九年　《聽風的歌》獲得群像新人文學獎。
一九八〇年　《1973年的彈珠玩具》出版。
一九八二年　《尋羊冒險記》出版，並獲野間文藝新人獎。
一九八三年　《開往中國的慢船》、《遇見100%的女孩》出版。
一九八四年　《螢火蟲》、《村上朝日堂》出版。
一九八五年　《迴轉木馬的終端》、《世界末日與冷酷異境》出版，後者獲谷崎潤一郎獎。
一九八六年　《村上朝日堂反擊》、《蘭格漢斯島的午後》出版。

開始撰寫《挪威的森林》，移居米克諾斯島《失落的彈珠玩具》、《遇見100%的女孩》（時報第一版）繁體中文版出版。

一九八七年　《懷念的一九八〇年代》、《日出國的工場》、《挪威的森林》出版

一九八八年　《舞・舞・舞》出版。《聽風的歌》（時報第一版）繁體中文版出版。

一九八九年　《村上朝日堂嗨嘀》出版。《挪威的森林》（上）、（中）、（下）（故鄉）繁體中文版出版。《麵包屋再襲擊》（皇冠）繁體中文版出版。

一九九〇年　《電視人》、《遠方的鼓聲》、《雨天・炎天》出版。《電視國民》（皇冠）繁體中文版出版。

一九九一年　赴美國普林斯頓大學任客座研究員。《舞・舞・舞》（故鄉）繁體中文版出版。《迴轉木馬的終端》（遠流）繁體中文版出版。

一九九二年　《國境之南・太陽之西》出版。《1973年的彈珠玩具》、《遇見100%的女孩》、《聽風的歌》（時

報「紅小說」系列）繁體中文版出版。
《挪威的森林》、《村上春樹短篇傑作選》（故鄉）繁體中文版出版。

一九九三年　《國境之南・太陽之西》（時報「藍小說」，以下如未特別註明即為此系列）繁體中文版出版。

一九九四年　《終於悲哀的外國語》、《發條鳥年代記・第一部・鵲賊篇》、《發條鳥年代記・第二部・預言鳥篇》出版。

一九九五年　日本發生地下鐵沙林毒氣事件。
《夜之蜘蛛猴》、《發條鳥年代記・第三部・刺鳥人篇》出版。
《1973年的彈珠玩具》、《遇見100%的女孩》、《聽風的歌》、《發條鳥年代記・第一部・鵲賊篇》、《發條鳥年代記・第二部・預言鳥篇》繁體中文版出版。

一九九六年　《尋找漩渦貓的方法》、《萊辛頓的幽靈》、《村上春樹去見河合隼雄》出版。
《舞・舞・舞》、《夜之蜘蛛猴》繁體中文版出版。

一九九七年　《地下鐵事件》、《爵士群像》出版。
《發條鳥年代記・第三部・刺鳥人篇》、《挪威的森林》（時報第一版）繁體中文版出版。

一九九八年　《邊境・近境》、《約束的場所：地下鐵事件Ⅱ》出版。
《萊辛頓的幽靈》（時報第一版）、《地下鐵事件》、《爵士群像》、《開往中國的慢船》繁體中文版出版。
鄭栗兒編《遇見100%的村上春樹》（時報）繁體中文版出版。

一九九九年　《人造衛星情人》、《如果我們的語言是威士忌》出版。
《邊境・近境》、《迴轉木馬的終端》、《麵包店再襲擊》、《螢火蟲》、《人造衛星情人》繁體中文版出版。

二〇〇〇年　《神的孩子都在跳舞》出版。
《電視人》、《神的孩子都在跳舞》、《雨天・炎天》、《遠方的鼓聲》繁體中文版出版。
村上世界研究會撰《村上春樹的黃色辭典》（生智）繁體中文版出版。

二〇〇一年　《雪梨！》、《爵士群像Ⅱ》、《村上收音機》出版。

二〇〇二年　《日出國的工場》繁體中文版出版。

時報「藍小說」系列推出小開本村上春樹作品集。

《海邊的卡夫卡》出版。

二〇〇三年　《約束的場所：地下鐵事件II》、《村上收音機》繁體中文版出版。

《海邊的卡夫卡》、《爵士群像II》、《挪威的森林》（時報第二版）繁體中文版出版。

二〇〇四年　《黑夜之後》出版。

短篇小說〈東尼瀧谷〉拍攝為電影上映，導演為市川隼。

《如果我們的語言是威士忌》、《雪梨！》、《村上春樹去見河合隼雄》繁體中文版出版。

五十嵐裕治等撰《看見・村上春樹》（尖端）繁體中文版出版。

傑・魯賓《聽見100%的村上春樹》（時報）繁體中文版出版。

二〇〇五年　《東京奇譚集》、《給我搖擺，其餘免談》出版。

《黑夜之後》、《萊辛頓的幽靈》（時報第二版）繁體中文版出版。

二〇〇六年　《東京奇譚集》、《終於悲哀的外國語》繁體中文版出版。

二〇〇七年

羅佳琦撰《村上春樹》（生智）繁體中文版出版。

《關於跑步，我說的其實是……》出版。

《尋找漩渦貓的方法》、《村上朝日堂》、《村上朝日堂嗨嗬》、《村上朝日堂反擊》繁體中文版出版。

許致文撰《村上先生的愛樂電台》（時報）繁體中文版出版。

二〇〇九年

村上春樹獲得耶路撒冷文學獎。

《1Q84》第一冊、第二冊出版。

《1Q84》第一冊、第二冊繁體中文版出版。

內田樹撰《當心村上春樹》（時報）繁體中文版出版。

張明敏撰《村上春樹文學在臺灣的翻譯與文化》（聯合文學）繁體中文版出版。

二〇一〇年

《1Q84》第三冊出版。

《1Q84》第三冊繁體中文版出版。

《挪威的森林》拍攝為電影上映。

延伸閱讀書目

村上春樹作品

村上春樹，《挪威的森林》（上）、（下），賴明珠譯。台北：時報出版。

村上春樹，《電視人》，張致斌譯。台北：時報出版。

村上春樹，《地下鐵事件》，賴明珠譯。台北：時報出版。

村上春樹，《約束的場所：地下鐵事件II》，賴明珠譯。台北：時報出版。

村上春樹，《海邊的卡夫卡》（上）（下），賴明珠譯。台北：時報出版。

村上春樹研究

五十嵐裕治等，《看見•村上春樹》，楊詠婷、劉名揚譯。台北：尖端。

村上世界研究會，《村上春樹的黃色辭典》，蕭秋梅譯。台北：生智。

深海遙，《探訪村上春樹的世界》。台北：紅色文化。

張明敏，《村上春樹文學在臺灣的翻譯與文化》。台北：聯合文學。

鄭栗兒（主編），《遇見100%的村上春樹》。台北：時報出版。

希臘悲劇

索發克里斯，《伊底帕斯王》，胡耀恆、胡宗文譯注。台北：桂冠。

蘇弗克里茲，《安蒂岡妮——墓窖裡的女人》，呂建忠譯。台北：書林。

蘇弗克里茲，《伊底帕斯在科羅納斯》，呂建忠譯。台北：書林。

卡夫卡

卡夫卡，《變形記》，姬健梅譯。台北：麥田出版。

卡夫卡，《蛻變》，金溟若譯。台北：志文。

卡夫卡，《審判》，黃書敬譯。台北：志文。

大江健三郎

大江健三郎，《萬延元年的足球隊》，李永熾譯。台北：台灣東販。

大江健三郎，《換取的孩子》，劉慕沙譯。台北：時報出版。

大江健三郎，《為什麼孩子要上學》，陳保朱譯。台北：時報出版。
大江健三郎（口述）、尾崎真理子（採訪整理），《大江健三郎作家自語》，許金龍譯。台北：遠流出版。
大江健三郎，《如何造就小說家如我》，王志庚譯。台北：麥田出版。

永遠的少年——
村上春樹與《海邊的卡夫卡》

國家圖書館出版品預行編目資料

永遠的少年：村上春樹與《海邊的卡夫卡》／楊照著；---.
初版.— 臺北市；本事文化出版：本事文化發行, 2011〔民100.01〕
面　；　公分. –(楊照作品集；3)
ISBN 978-986-86575-9-5
1.村上春樹　2.文學評論
861.57　　990247002

作者　楊　照
責任編輯　官子程

發行人　陳蕙慧
副總經理　喻小敏
副總編輯　林毓瑜
行銷部　魏文信、吳宜臻
業務部　尹子麟
版權部　王淑儀
法律顧問　北辰著作權事務所 嚴裕欽律師
出版　本事文化股份有限公司
台北市大安區和平東路一段258號8樓
電話：(02) 2363-9799　傳真：(02) 2363-9939
E-mail：motif@motifpress.com.tw
發行　本事文化股份有限公司
台北市大安區和平東路一段258號8樓
讀者服務專線：(02)2363-9799轉71~72
24小時傳真服務：(02)2363-9939
讀者服務信箱E-mail：motif@motifpress.com.tw

總經銷　大和書報圖書股份有限公司
電話：(02)8990-2588；8990-2568
傳真：(02)2290-1658；2290-1628
香港發行所　春華發行代理有限公司
地址：九龍觀塘海濱道171號申新證券大廈8樓
電話：(852)2775-0388 傳真：(852)2690-3898
網址：www.springsino.com.hk
馬新發行所　青城文化事業有限公司
地址：No.18 Jalan Perisa Satu, Taman Gembira, 58200 Kuala Lumpur.
電話：+603-79813177／79832177　傳真：+603-79827177
E-mail：ho@gfiction.com.my

封面設計　鄭宇斌
排版　浩瀚電腦排版股份有限公司
印刷　中原造像股份有限公司

定價　NT$280　HK$93
●2011（民100）1月初版
2011（民100）1月26日初版二刷
ISBN 978-986-86575-9-5

本事
文化
Motif Press Co., Ltd.
Motif

廣　告　回　信	
台北郵局登記證	
台北廣字第03773號	

平　信

10648
台北市台北市大安區和平東路一段258號8樓
本事文化股份有限公司

請沿虛線對摺，非常感謝！

書號：1AD1004　書名：永遠的少年——
村上春樹與《海邊的卡夫卡》

本事文化
Motif Press Co., Ltd.
Motif

讀者回函卡

更多本事文化相關資訊，請上
本事部落格：http://motifpress.pixnet.net/blog
或者到Facebook加入「本事文化粉絲團」喔！

非常感謝您購買本事文化的產品！
請耐心填寫此卡，我們將不定期寄上本事文化最新書訊給您！

姓名：＿＿＿＿＿＿＿＿

性別：□男　□女　　生日：西元＿＿＿＿＿＿年＿＿＿月＿＿＿日

通訊地址：＿＿＿＿＿＿＿＿＿＿＿＿＿＿＿＿

聯絡電話：＿＿＿＿＿＿＿＿＿＿　傳真：＿＿＿＿＿＿＿＿＿＿

Email：＿＿＿＿＿＿＿＿＿＿＿＿＿＿＿＿

學歷：□1.小學　□2.國中　□3.高中　□4.大專　□5.研究所以上

職業：□1.學生　□2.軍公教　□3.服務業　□4.金融業　□5.製造業　□6.資訊
□7.傳播業　□8.自由業　□9.農漁牧業　□10.家管　□11.其他＿＿＿＿

請問您如何得知本書訊息？
□1.實體書店　□2.網路　□3.報紙　□4.雜誌　□5.廣播　□6.電視
□7.親友推薦　□8.其他＿＿＿＿＿＿＿＿

請問您通常以何種方式購書？
□1.實體書店　□2.網路　□3.傳眞訂購　□4.郵局劃撥　□5.其他＿＿＿＿

請問您喜歡閱讀哪類書籍？
□1.財經類　□2.自然科學　□3.歷史　□4.法律　□5.文學　□6.休閒旅遊
□7.小說　□8.傳記　□9.生活勵志　□10.其他＿＿＿＿＿＿＿＿

歡迎寫下您的建議：＿＿＿＿＿＿＿＿＿＿＿＿＿＿＿＿